余白の声

文学・サルトル・在日――鈴木道彦講演集

verba volant, scripta manent

＊目次

フランス文学者の見た在日の問題　95
高麗博物館講演（二〇〇八年九月二七日）

在日の問題と日本社会　143
第五回 永住外国人地方参政権シンポジウムin鳥取 基調講演（二〇一一年一一月二六日）

サルトルと現代――来日五〇周年にあたって　179
獨協大学オープンカレッジ特別講座（二〇一七年三月四日）

あとがき　217

図書館の裏表——バベル〜パリ〜草加

獨協大学図書館開館記念講演（二〇〇七年九月二一日）

はじめに

ご紹介にあずかりました鈴木道彦です。

本日は、見事に完成したこの天野貞祐記念館にいよいよ新図書館がスタートした記念すべき日ですから、この日を待っておられた関係者のかたがたにまず心からお祝いを申し上げます。本当におめでとうございました。

案内状には、新図書館は二一世紀の獨協大学の「知の拠点」である、と書かれています。私もこの大学でかつて一一年間、外国語学部の教師をしており、そのあいだに三年間は図書館長を務めました。そのころの図書館は、利用者のためにも、そこで働く職員のためにも、また本のためにも、けっして良好とは言えない環境でした。何とか解決しなければと思いながら、それだけの政治力もなく、手をこまねいておりましたが、私の退職後一〇年も経たないうちにこんな立派な「知の拠点」が実現しましたので、たいへん驚くとともに、関係者の一人として本当に喜んでいる次第です。

　私自身はそんなふうに図書館を管理する立場に立ったこともありますが、何よりもこれまでいろいろな図書館を利用して、本を読むことに長い時間を使ってきました。今日は「図書館の裏表」ということで、世界の図書館にかんする私の体験や、そこでの多少の出会いや、展示されている本図書館の一部の文庫のことなど、私的なことも交えながら話をさせていただきます。

ボルヘスと『バベルの図書館』

　ところで図書館長時代に、私はときどき読書室をみまわりましたが、自分の教科書や本を持ち込んで勉強している学生をよく見かけました。つまり静かな自習室として利用しているわけですね。なるほど、そういう利用方法もあるでしょう。しかし基本的には、人は図書館の所蔵する本や資料を閲覧するために訪れるのだと思います。だから、どのような蔵書や資料があるかということは、その図書館の性格を決定する極めて重要な要素でしょう。

むろん今では他の図書館との連携プレーが可能になり、他大学の図書館の本を借り出したり、外国の図書館の資料をコピーしたりすることもできるようになりました。しかし、図書館の基本的な特徴はやはり、どんな本、どんな資料を備えているか、ということになると思うのです。

しかも何かの問題を調べていて、探している資料がこの図書館にはないと判明したときにはどれ程がっかりするか、これはどなたもご存じのはずです。したがって、すべての書籍、すべての資料を備えているというのが、窮極の図書館の理念でしょう。

むろんそんな図書館はありませんが、それを空想した人がいます。二〇世紀のアルゼンチンの作家で、ボルヘスという人です。このボルヘスは西欧でも広く読まれた詩人で小説家ですが、彼の短篇に『バベルの図書館』というのがあるのですね。

バベルというのは、その名前の翻訳学校もありますが、もともとは旧約聖書の「創世記」に出てくる地名です。世界がまだ一つの話し言葉しか持たなかった時代に、人々が町を建設して、そこに天まで届く塔を建てようと、着々と煉瓦を積み始めた、それを見た主が、「彼らがみな一つの民、一つの言葉で、このようなことをし始めたなら、それは妨げることができない。さあ、降りて行って、彼らの言葉を混乱させ、互いに言葉が通じないようにしよう」とつぶやいた。その結果、さまざまな言葉が生まれ、コミュニケーションは絶たれ、塔は完成せずに人々は地上に散乱していった、という挿話です。この町がバベル、この挫折した塔が、「バベルの塔」と呼ばれています。

だから、『バベルの図書館』というタイトル自体が暗示的ですが、ボルヘスの描いたその図書館には「あらゆる言語で、およそ表現しうるすべてのものが」所蔵されている、と書かれています。いわば人類の知の総和ですね。

そうなると、この「バベルの図書館」には、いったい何冊の本があるのでしょう。細かな説明は省きますが、作者は、その図書館に同じ本はけっして二部はないと断った上で、すべての本は同じ形をしていて四一〇ページ、各ページは四〇行、一行は八〇字から成り、そこに「二五の綴り字記号のあらゆる可能な並べ替えによって出来るすべての本を所蔵している」と書いており、「その数は膨大ではあるが、無限ではない」とつけ加えています。

四一〇ページ×四〇行×八〇字、これは一三一万二〇〇〇字になります。綴り字記号は二五と書かれていますから、その二五の異なる記号を、重複を許して、一三一万二〇〇〇個並べる。そのあらゆる可能な並べ替えの総数を求めれば、可能な本の冊数ということになります。このような並べ替えをすると意味のない文字の羅列も生じますから、実際にはそれより遙かに少ない筈ですが、それは空想の図書館ということで穿鑿しないことにするとして、実はこの複雑な順列の計算をした人がいるのです。面倒ですから答えだけを申しますと、それは、「二の次にゼロが一八三万四〇九七個つく数字」になるそうです（入沢康夫『現代思想』一九七九年四月号）。

一八三万冊ではありません。一八三万冊なら獨協大学新図書館でも、自動書庫が一〇〇万冊、開架書庫が四〇万冊収蔵可能になるようですから、それに近い数の本を収容できますし、それに何百万という数字なら、ゼロ六つで表現されます。億や兆の単位でも、ゼロをいくつか足せばすんでしまう。そのゼロが一八〇万余りつくほどの数の蔵書を持った図書館は、どのくらいの大きさになると思われますか？　東京ドームの数百倍？　とんでもない。どんなに本をマイクロ化して、厚さ一ミリくらいにしても、地球全体でも納まりません、太陽系でも不可能で、宇宙をかりに差し渡し一〇〇億光年の球体と考えても、これをはるかにはみ出してしまいます。

作者ボルヘスは、このような『バベルの図書館』を描きました。いわばこれで、人類の知のスケールが宇宙をも含むことを示そうとしたのでしょう。だからこの短篇の冒頭には、「この宇宙、それを人々は図書館と呼ぶ」と、まず記されています。「知の拠点」になる図書館は、また宇宙でもあるのです。このような図書館では、一冊の本と関連した別の本を取りに行くのに、宇宙を何世紀もかけて移動しなければならないでしょう。

因みにこのボルヘスという人は、作家であると同時に、市の公共図書館の司書をしていた人で、後には二〇年近く、アルゼンチンの国立図書館長をつとめています。だから図書館がどんなに貴重な知の支えであるかということを充分に心得た上で、この途轍もない短篇を産み出したのでしょう。

パリの国立図書館

この「バベルの図書館」は一つの寓話ですが、現実の世界にも、厖大な蔵書を誇る図書館がいくつも存在しています。たとえば紀元前三世紀のアレクサンドリア図書館は有名で、数学者のユークリッドもここを研究拠点にしたそうですが、その蔵書はパピルスの巻物七〇万巻といわれています。そういった数々の図書館のなかで、私自身の専門分野では、何と言ってもパリにある旧国立図書館の右に出るものはありません。

現在、パリの国立図書館というと、左岸の一三区にあるフランソワ・ミッテラン図書館と、右岸の二区にある旧図書館を指します。ミッテラン図書館は、一九八〇年代から九〇年代にかけて二期一四年間大統領をつとめたミッテランの時代に出来たので、そう呼ばれるのですが、私がフランスで勉強していた頃は、むろんまだ存在していませんでした。当時の国立図書館と言えば、パリ右岸のリシュリュー街にあった旧図書館を指していたのです。

私は一九五四年に初めて留学したときから、何度この図書館へ通ったのか、数えきれないくらいです。とても一〇〇回や二〇〇回ではきかないでしょう。パリへ行くのはこの図書館で調べものをするのが目的であるくらいに、飽きもせず通いましたし、住居も図書館通いに便利な場所を選ぶほどでした。

むろんこの旧図書館には、ミッテラン図書館のような新式の検索設備はありません。しかし、所蔵する資料はきわめて充実していて、何でも揃っていました。またそれと同時に、私にとってはさまざまな出会いのあった実に懐かしい場所でもあります。

たとえば私はこの図書館でよく、有名な哲学者ミシェル・フーコーの姿を見かけました。彼はスキン・ヘッドの頭をしているから、すぐ目立つのです。また一九六八年には、毎日のようにシモーヌ・ド・ボーヴォワールが通って来るのに出会いました。彼女はその二年前にサルトルと一緒に日本に来ましたが、そのとき以来、私は何度も二人に会いましたし、図書館で会う前の年、つまり一九六七年に一週間ほどパリに寄ったときには、モンパルナスにある彼女の住居に招かれたくらいで、よく知っていました。だから近づいて行って、「こんにちは」と挨拶して、何か調べ物ですか？ と訊ねると、「老いる」という問題について調べているのだ、という返事でした。六八年と言えば、彼女はちょうど六〇歳。そして事実、その二、三年後に、彼女は沢山の文献を駆使した『老い』という本を出版しますが、これは『第二の性』と並ぶ彼女の代表作の一つです。

フーコーやボーヴォワールのように世界的に著名な哲学者や作家も、無名の人たちと机を並べて勉強しているのがこの図書館ですが、ここを始終利用しているうちに、私はいろいろなことが目につくようになりました。

第一に気づいたのは、ここには常連が多い、つまり定期的に、場合によっては毎日のように通う人が多い、ということです。勤め人がそんなことをするわけにはいきませんから、それは作家のような自由業か、サバティカルか何かの研究休暇でパリに来ている人、大学の助手か講師のような研究者や、定年になった人たちでしょう。これが連日、朝早くから実に熱心に通ってくる。と言いますのは、一〇時を過ぎるころになるともう満席で、入口には長い行列ができるからです。

こんなふうに図書館にこもる人を、フランス語で rats de bibliothèque すなわち「図書館のネズミ」と申します。そしてこのネズミたちの多くは、一種の「おたく」族で、特殊な生態、特殊な癖を持っています。とりわけ、パリの「図書館ネズミ」によくあるのは、定席を求めるという癖です。つまり毎日同じ席に坐って本に没頭している、という人が多いのです。

だいたい人間は習慣的な存在で、かならず同じ席に坐りたがる。大学の教室でも、どこへ坐ってもいいはずなのに、熱心に出席する学生ほど、おのずと指定席ができあがるのは、だれでも経験するところです。

しかしパリの旧図書館の場合は、それが実はなかなか難しい。というのも、入口で利用者カードを見せると、係の人が番号札を渡してくれて、その席でしか本を読むことが許されないからです。番号札は、若い番号から機械的に渡されますから、もし一定の席で本を読もうとすれば、朝一番に出かけて行って、入口でこれこれの番号の札をくれと要求しなければならない。そうでないと、その席は他人に取られてしまいます。

一九八〇年に一年間の海外研修の機会に恵まれてフランスに滞在したときに、もちろん私は早速図書館に飛んでいきました。そしてこの一年間はネズミ族の端くれとして、気に入った席を選んで毎日そこで仕事をすることにしたのです。それは一一八番という番号の席でしたが、これがなかなかいい。片側が大きな柱で人がいないので、非常に落ち着いて仕事や調べ物ができるのですね。

ところが、そうやって仕事をしていたある日に、私は左隣の一一九番の席に前日と同じ初老の人物がいるのに気がつきました。次の日もそうでした。つまり彼もネズミ族だったわけです。

それから私たちは来る日も来る日も、机を並べて仕事をすることになりました。むろん、どちらも相手を意識していますが、初めは言葉もかけませんでした。知り合いになると差し障りがあると考えたのです。読書は本来、孤独な環境のなかでなければ集中できないもので、隣によく知った人が、たとえばボーヴォワールなどが坐っていたら、とても仕事になりませんから。

それでも、私の一年の研究期間が終わりに近づいたときには、どちらからともなく声をかけて、食事をともにする機会がありました。そのとき彼の語ってくれたそれまでの人生と、彼が図書館で何を調べ、何をしようとしているのかという話は、実に興味深く、刺激的なものでした。

この老人のことは、かつてあるエッセイで書いたことがあるので（「書物を流れる歳月」、『異郷の季節　新装版』みすず書房所収）手短に申しますが、彼はロシア生まれのユダヤ人で、ごく幼いときにフランスに亡命してきたのです。それは一九三〇年代に、当時のソ連に吹き荒れたスターリンのモスクワ裁判で、次々と肉親を殺されたからで、母親も、またたぶんその母親が再婚した相手である義理の父親も殺されました。だからもちろん彼はスターリン主義とソ連に強い憎しみを持っています。そしてフランスで成人してからは、組合運動をしながら、ソ連的な社会主義ではない社会を作ろうと、それに反対するグループ、トロツキーの流れを汲む左翼反対派として、社会党のなかで活動してきたのです。

そういう人生を送った人ですから、これまで一冊も本を書いたわけではありません。しかし定年で組合を退いたこの時期になって、残りの人生で何とかモスクワ裁判について一冊の本を書こうと決意して、毎日図書館に来て当時の歴史や資料を調べていたのです。つまり読書は彼にとって気晴らしなどとはまるで違う。自分の一生を結論づける締めくくりの闘いのために、武器を研ぐようなものだったのでしょう。

彼の肉親を奪ったモスクワ裁判の時代、一九三〇年代のフランスの新聞や雑誌を、私はかつて集中的に調べたことがあります。その一つが社会党系の『ル・ポピュレール』で、これは当時の活動家だった彼が配った新聞でもあったのです。だから私は自分の調べたことの生き証人に出会ったような気がしました。それで日本に帰ってから数年後に、国立図書館のことをエッセイに書いたときに、この老人のことも詳しく描いたのですが、そのエッセイを発表してから大分経って、彼にかんしてもう一つの後日譚が生まれたのです。

それは一九八九年、私が二週間ほどパリを訪れたときのことです。少し調べたいことがあって国立図書館に寄ったついでに、かつて一年間仕事をした「私の席」、あの一一八番という番号の席がどうなっているのか、覗きに行ってみたのです。前回は一九八〇年、それから九年の時が経過したわけですが、なんと私が通い慣れた席の隣には、前と同じ老人が坐っていたのです。

このとき私の感じたことは、実に複雑でした。いったい彼は九年間、同じ習慣を守り続けて、毎朝その一一九番の席へ通っていたのだろうか。そう考えると、私は感動を通り越して、いささか茫然としました。

ところが九年どころではありませんでした。そのときかわした会話で、彼が実は一五年前からその席に坐っていたことが判明したのです。それからあと何年坐り続けたか、それは分かりませんが。

いずれにしても、彼の目指したモスクワ裁判をめぐる一冊の書物、彼の一生の闘いの総決算になるはずの書物は、そのときまだ完成していませんでした。だいたいは出来たが、あちこち直している、という話でした。しかし、おそらく永久に完成しなかったのではないか、と私は想像するのです。

というのも、もともと彼の書く本はスターリン主義の批判であり、ソ連批判になるのですから、ソ連が存在していてこそ本来の意味を持つものでしょう。ところが一九八九年には、ソ連ではすでにゴルバチョフが登場して、「ペレストロイカ」が始まっています。さらにその年の一一月にはベルリンの壁が崩れますし、二年後にはソ連邦そのものも解体されます。しかし、社会党のなかに身をおくトロツキストだった彼が、あのような解体や、その後に誕生したロシアを見て満足するとはとても思えません。私は、徒手空拳でスターリン主義に闘いを挑んだこの老人が、どんな苦い気持で、挫折感と言ってもいいようなものを味わいながら仕事を続けているのだろう、と考えてしまうのです。

図書館に通う人間は、外からはみな同じように本に没頭するネズミの群に見えますが、当然のことながら各人がそれぞれの人生をかかえて、さまざまな野心や葛藤を秘めながら読書しているのですね。その意味で、有名人であれ、この老人のような無名の人であれ、読書は本を読む人間の人生そのものの投影で、全人的な行為でもあります。そのことを、この老人との触れあいを通じて、私は痛切に感じさせられました。

獨協大学図書館と鈴木信太郎文庫

このパリの国立図書館に比べると、大学図書館の役割は違っています。それはまず、その大学の教員と学生を読者として持っているのですから、備える図書の種類にもまた別な問題が出てきます。そこで最後に、この獨協大学の図書館、とくに現在展示されている文庫について、ふれさせていただきます。

今回は、図書館が三種類の展示を準備して下さいました。天野貞祐氏の寄贈された本、ドイツの表現主義にかんする貴重な資料、それと鈴木信太郎文庫です。天野先生は、本学の創立者ですし、またこの大学は獨協学園で、最近は「獨協のドはドイツのド」などとも書かれていますから、そのドイツの表現主義の文献があるのも分かります。しかし、鈴木信太郎文庫がどうしてここにあるのかと、いくらか不思議に思うかたもおられるかもしれません。

この鈴木信太郎というのは、三七年前に亡くなった私の父です。したがって、いくらか私事にわたりますが、この「文庫」がどんなものであり、どうしてこの図書館にあるのか、ということを少しご説明したいと思います。

この講演の冒頭で、私は一一年間この大学でお世話になったと申しましたが、他大学で教師をしていた私は、獨協大学から招かれたとき、二重の意味でたいへん嬉しく思いました。一つは獨協大学創立の功労者である天野貞祐氏は、戦後に私の入った旧制一高の校長をされていた時期があったので、自分の若い時代との思いがけない縁を感じたためです。もう一つは、獨協のある草加という場所が、私の父の、したがって私自身の、ルーツになる埼玉の土地だったからです。

ところで話は日本のフランス文学研究の草分け時代に遡るのですが、東大のフランス文学科を開いた最初の日本人教師に辰野隆という人物がいたことはよく知られています。私の父信太郎は、辰野さんの七年ほど後輩ですが、先輩の辰野隆氏に協力して、東大のフランス文学科の基礎を築いた人です。と同時に、かなりの蔵書家としても知られていました。

彼は大正の終わり頃、フランスに私費留学生として滞在したときに、本を買うということ、文献学的な研究には絶対に必要な資料を揃えるということを学んだのです。一つの作品のテクストを厳密に決定するためには、その作品の初版、再版、三版、といった各種の版を厳密に比較検討するだけではなく、本になる前の段階、たとえば雑誌に掲載されたようなもの（これを、オリジナルの前のもの、という意味で、プレオリジナルと申しますが）、こういうテクストも参照する必要がある。研究に不可欠なそういった書物を、彼はフランスで買い集めたのですね。

この父が最大の専門にしていたのは、一九世紀後半から二〇世紀にかけての、マラルメという詩人を中心とするフランス象徴派です。ところで、このマラルメはたいへん本に凝る人で、印象派の先駆者である有名なマネの挿絵などの入った、とても豪華な稀覯本を作ることで知られていました。

マラルメは、最初にご紹介した『バベルの図書館』を書いたボルヘスにも深い影響を残した詩人ですが、そのマラルメの有名な言葉に、「世界は一冊の美しい本になるべく作られている」というのがあります。ボルヘスが宇宙のように広大な図書館を空想したとすれば、マラルメは一冊の書物に宇宙に匹敵する重さを追求した、と言ってもいいでしょう。またマラルメの周囲には、それを真似する詩人たちもあらわれて、自然に本は一種の骨董品のようになり、たいへん高価なものになりました。

ところが幸か不幸か、父は第二次世界大戦まで、まったく金に困らない人だったのです。

第二次世界大戦まで、です。それ以後は事情ががらりと違いまして、戦後に私が高校・大学生活を送ったときは家にほとんど金がなく、私は小遣いも禄にもらえずに年中アルバイトに明け暮れることになりました。

それは戦前の農地制度と、家督相続のせいです。鈴木家は戦後の占領時代にGHQによる農地改革ですべてを失うまで、この埼玉の江戸川べりにある富多村、後の庄和町、今では春日部市に合併されたところに、六〇~七〇町歩の農地を所有しており、多数の小作人を抱えていたのです。戦前の農地制度では、小作人は収穫物の五割から六割という高率の現物小作料を地主に納めることになっていますから、毎年、千数百俵の米が、地主である鈴木家の倉に納められたのです。

その大量の米を売るために、信太郎の祖父にあたる鈴木平兵衛という人が、神田佐久間町に「田中屋」という米問屋を作ったのが明治四年。米は江戸川から神田川を通って、水路でこの佐久間町の米倉に運び込まれたのです。

その米問屋を継いだのが信太郎の父親の政次郎です。しかも戦前の家督相続制度のために、父は長男の特権で、父親の死後は埼玉の農地をほとんど独り占めにしていましたから、米の生み出す資産をせっせと本につぎ込むことができたわけですね。

第二次大戦以前の日本には、千数百町歩を所有していた酒田の本間家を筆頭に、五〇町歩以上の地主が三千数百人いたことが分かっています。昭和期のいわゆる「資本主義論争」でさんざん主張されたように、こうした地主こそ「富国強兵」と「殖産興業」を支える基盤で、鈴木家もそのような社会の一端を担っていたわけですが、そのことはまた別な話題ですから今はふれません。ともかく、父は大正末期の留学中に、僅かな期間で相当なコレクションを作り上げました。まったく金に困らない留学生という、今では考えられないような条件を与えられていたので、それを専ら本のために生かしたのです。しかしうまい話ばかりではありません。買い集めたその貴重な初版本や、稀覯本を、フォンテーヌブロー号という船で日本に送ったのに、待てど暮らせど本は着かない。やがて船会社から連絡があって、「船はジブチで、インド綿花から船火事を起こして、船倉の荷物は全部焼けてしまった」という報告が届いたのです。一九二六（大正一五）年の秋のことです。

父はむろんひどく気落ちして、一時ノイローゼになったようですが、やがて気を取り直して、また猛然と本を集め始めます。こうして、日本が真珠湾を奇襲して太平洋戦争が勃発し、フランスの書店から本が入らなくなるときまで、金に糸目をつけずに本を買いあさりました。稀覯本などは「いくらでもいい」といって注文したようですから、本屋にとっては随分貴重な得意先だったことでしょう。こうして父の蔵書は、一九世紀末から二〇世紀初めのフランス文学関係のコレクションとしては、他にひけをとらないものになったのです。

本を集める一方で、父は船火事に懲りて、火事でも焼けない本の容れ物を作ることに心を砕きました。それが当時まだ珍しい鉄筋コンクリートの書斎兼書庫で、窓には厚い鉄の扉と防火シャッターをつけ、入口には分厚い金庫扉をつけた重武装のものです。これが完成したのは一九二八（昭和三）年のことです。

この書庫は、空襲にも焼け残りました。もっとも、これがはたして空襲に耐えられるかどうか、不安はありました。とくに敗戦の年、すなわち一九四五年三月一〇日の東京大空襲で下町が全滅したあとでは、素人考えで出来る限りの補強をしました。空気抜きの穴にはセメントをつめる。金庫扉は燃えることはなくても過熱するでしょうから、それに接している内側の木の部分、これは廊下になっていましたが、ここが自然発火しないともかぎらない。そこで、これを鋸で切り離して上げ蓋のようにし、いざというときにはこれを扉から離した上で、最後に金庫扉を閉めることにする。私は中学四年でしたが、とにかく本は守らなければ、という気持になっていました。さらに、これも素人考えで、あちこちに水をはった花瓶や水盤をおきました。熱せられたときに多少は蒸発して火の出るのを防いでくれるのではないかと考えたのですが、おそらく何の効果もなかったことでしょう。さらに本のうしろにも水を入れたコップを並べ、そこへ父は、これはまだ蓋をあけていない最後に残った上等のウィスキーを一本隠し、こういう準備をした上で、あとは観念して空襲を待ったのです。

四月一三日に大空襲がありました。私はよく憶えていますが、四方から火が迫ってきたので、最後に廊下の上げ蓋を上げ、重い金庫扉を閉め、ロックをすると、防火用水の水で毛布を濡らし、それを被って、飛んでくる火の粉をよけながら逃げ出しました。そして次の日に、周囲の火がおさまってからこわごわ近づくと、家は完全に焼け落ちて跡形もなく、書庫の上にあとから設けられた二階部分だけがどこからか火が入って、まだ盛んに燃えていましたが、それを消す手段もありません。さらに次の日になると、二階には熱でいくらか歪んだ鉄骨だけが残骸をさらしていましたが、鉄筋コンクリートの一階の書庫は焼け跡に元の姿で立っていました。

しかし、これをすぐ開けると危ない。いったん熱せられて焼け残った蔵は、直ちに開けると自然発火すると言われていましたので、私たちは一週間そのままにしておきました。

そのあいだに雨も降ったので、もういいだろうと、いよいよ金庫扉を開けようとしたのですが、猛火を浴びた扉は表面が膨れあがって、暗証番号を合わせて扉を開く鍵もまわるどころではありません。

とうとう最後に、私と二歳年上の兄がスコップを使って、扉の前に土台の下まで深い穴を掘りました。そこに潜り込んで向こう側に出ると、あらかじめ木の廊下を切り離して拵えておいた上げ蓋がありました。そこから真っ暗な内部に入り込んで、鉄製の防火シャッターを開けると、急に外の光が飛び込んで来て、本が無事であることが分かりました。父は早速、本のうしろからウィスキーを取り出して、見舞いに訪れた人と祝杯を上げていました。

こんなふうにして、この本は空襲から守られました。父は一九七〇年に亡くなりましたが、私はたまたま同じフランス文学を専攻したので、遺族の者から、この本の扱いを一任されました。むろん自分で使うことはできますが、フランス文学といっても専攻する対象が微妙にずれている上に、個人の蔵書になると、その人の死後のことを考えなければなりません。私自身もいつまで生きられるのか分からない。そこで私は、埼玉の米の生んだ本だから、お世話になった埼玉の大学に寄付して管理していただくのがよいのではないか、と思うようになりました。獨協大学には、すでに表現主義のコレクションがあるのですから、それに少し先立つ時代の象徴派を中心としたフランス文学のコレクションを加えてもよいのではないか、と考えたのです。

最近は、コンピューターが盛んに使われて、辞書でも作品でも、コンピューターで読む人がいるようです。一方では、本のまったくない「情報図書館」の類のもの、「青空文庫」と呼ばれる電子図書館なども、大分前から存在しています。しかし、読書という行為の意味や、保存の可能性を考えると、まだまだ当分、おそらくは何世紀も、紙と書籍が重要な使命を担うことになるでしょう。読書は全人的な行為だ、と先ほど申しましたが、本当の読書とは、やはり本を読むことです。ただ文字をたどるだけではなく、本の形や紙の手触りまで含めて、読むという行為に本は欠かせません。しかし、紙は劣化しますから、保存には気を使わなければなりませんし、また火に弱い、という弱点がある。幸い獨協大学の新図書館は、地震に耐える免震構造になっているそうですから、自然災害については安心ですが、政治家は愚かだから、日本がいつまた戦争をする国にならないとも限りませんし、そうなれば空襲がないとも限りません。紀元前三世紀のアレクサンドリア図書館も、戦争で焼失したと言われています。私は折角スタートしたこの新図書館がそういった外部からの破壊力に耐えて、今後長く「知の拠点」として機能してゆくことを祈ってやみません。「知の拠点」は、初めに『バベルの図書館』の紹介で申しましたように、宇宙にも匹敵するものなのですから。

そろそろ時間ですので、ふたたびボルヘスに戻ったところで、まずい話を終えさせていただくことといたします。どうも有り難うございました。

詩と散文をめぐって

「潮音」第二〇回全国大会基調講演（二〇〇四年八月二一日）

皆さんこんにちは。ただ今ご紹介にあずかりました鈴木道彦です。本日は「潮音」の第二〇回全国大会だそうで、まことにおめでとうございます。またこの大切な会にお招きいただきまして有り難うございました。心から御礼を申し上げます。

「潮音」代表の太田絢子先生と、亡くなられた植松健悟さんから、この大会で何か話をするようにというご依頼がありましたのは、もうずいぶん前のことになります。私にそんな大役は務まりませんといったんは辞退いたしましたが、なんでもよいから自由に話してほしいということでしたし、また余りに手回し良く早々とご依頼がありましたので、結局お引き受けする羽目になったわけです。

それにしましても、私はフランス文学研究者で、短歌についてはなんの知識もありませんし、お話するような資格もありません。そのうえ私の研究しているのは小説や評論の分野で、これはなんら決まった形を持たない散文形式のものです。一方、短歌はもちろん短い定型詩ですから、形式の点でも私の関心は皆さんと大分食い違っていることになります。しかし考えてみれば、短歌の属する定型詩の世界も、小説や評論の属している散文の世界も、どちらも同じ文学のなかの異なった言語表現ですから、その関係や違いについてお話することはできるかも知れない。いや、それ以外に私にできることはないのではないか、と気がつきました。幸いフランスでは詩と散文について、さまざまな原理的な考察が行われてきました。また、私は研究の一環として翻訳にたいへん多くの時間をかけましたし、その過程で、翻訳という光をあてると表現の本質が明らかになることも分かりましたので、その翻訳の問題ともからめながら、フランス文学の世界で詩と散文の関係がどう扱われてきたかをご紹介したい。そういう話が間接的にでも、いくらか皆さんのご参考になればと願いながら、「詩と散文をめぐって」という、まことに漠然としたテーマ、ある意味で恐ろしいテーマを選ぶことになったわけです。

ところで私は今から三年ほど前に、マルセル・プルーストの『失われた時を求めて』という長い小説の翻訳を終えたところです。このプルーストという作家は、二〇世紀のフランス、というより二〇世紀の西欧の生んだ最大の小説家と言ってもいいでしょう。彼は一生涯にただ一篇の小説しか書きませんでしたが、それが膨大な長さのものですし、おまけに独特の散文で、一つひとつのセンテンスがものすごく長い場合がある。うねうねと切れ目なく続いて、なかなかピリオドに到達しないのです。ときには一ページ近くもセンテンスが続くことさえあります。ですからプルーストを読むというのは、フランス人にとってもけっして生易しい仕事ではありません。

たとえばロラン・バルトというたいそうプルーストを愛読した評論家、思想家がいますが、そのバルトでさえも、「いったいだれがプルーストを逐語的に読んだろうか」と言っているくらいです。つまり皆が、初めから順を追って読むのを諦めて、余りの長さのために適当にとばし読みしているはずだ、というのでしょう。それほどの難物ですが、にもかかわらず誰もプルーストを無視するわけにいかない。そういう独特な作家なのですね。

そのような大作ですから、私の翻訳の出版を聞きつけて、フランスのいくつかの新聞や通信社の人が、どんな方針で翻訳したのか聞かせてほしいとインタヴュに来ました。その人たちの書いた記事は概して好意的で、長く難しい小説を日本語にした労をねぎらうものでしたが、なかにただ一つ例外があって、非常に意地の悪い記事が書かれました。『ル・フィガロ』という新聞の記者によるものですが、このフィガロという名前は、ボーマルシェの『フィガロの結婚』という戯曲がありますし、モーツァルトにも『フィガロの結婚』というオペラがありますから、皆さんもご存じでしょう。

これは一九世紀の中頃に創刊されて、それから現在まで一五〇年あまり続いてきた伝統のある新聞です。プルーストも生前に何度か寄稿しているのですが、ただ日本でよく知られた『ル・モンド』や『リベラシオン』などとはまるで違って、非常に保守的な傾向の強い新聞でもあります。

問題の文章を書いた記者は私に会いに来たわけでもなく、たぶんフランスの通信社AFPが配信したものから勝手に記事を作り上げたのでしょうが、これはタイトルからして皮肉なもので、「一日本人の『失われた時』」というのです。つまり、この翻訳自体が「失われた時」であり、徒労であることを匂わせています。さらに冒頭には、「日本はカミカゼ、ハラキリの国だ」と書かれています。これはいかにもステレオタイプの日本のイメージですが、実は今「カミカゼ」という言葉が、フランスの新聞やテレビで連日使われているんですね。つまり日本で「自爆テロ」と呼ばれる行為がイラクやパレスチナでしばしば起こっている。それをフランス人は、第二次大戦中の日本の「神風特攻隊」に重ね合わせて、「カミカーズ」と呼ぶのです。だから、「カミカゼ、ハラキリ」の国だというのは、フランス人にはぴんとくるイメージなのでしょう。つまりこのスズキという老教授がやったことは、あのような自殺行為である、というのです。何故でしょうか。何故なら、日本語の文法には関係代名詞もないし、コロンも、セミ・コロンもない。まあ、これはすべて私がAFPの記者に語ったことなのですが、それにつけ加えて『ル・フィガロ』は、おまけに日本は文化的に言うと俳句という短い詩の国である。こういう短詩形の文化の国で、あのような長い文章の翻訳に取り組むなどというのは暴挙である。こんなふうにこの意地の悪い記事は始まるのです。

保守的とはいえこれほど伝統のある新聞が、なんとも愚かな記事を書いたものです。『ル・モンド』の日本特派員にこの話をしましたら、「いや、驚くことはない。愚かさには国境はないから」という返事でした(笑)。それにしても『ル・フィガロ』の記者だって、日本には短歌もあれば、自由詩もある。王朝時代から、『源氏物語』に代表されるような長い小説も書かれてきたし、そうした小説が外国語にも翻訳されていることを、まさか知らないわけではないでしょう。にもかかわらず、こんな記事が書かれたのは、たぶん日本語でプルーストを読むのは僭越な行為だと考えたためでしょう。その意味で、この背景にはきわめて偏狭な文化的ナショナリズムがあると思うのです。

それにしても翻訳はどこまで原文の価値を再現できるのか、ということは残ります。そしてこのことは、私のように翻訳に多くの時間を割いてきた者にとって、非常に大きな問題になるのです。

このことを考えるうえで、初めにいくつかの例をお話ししましょう。皆さんも翻訳で作品を読まれることがおありでしょうが、もちろん翻訳によって失われるものも、つけ加わるものもあるのは言うまでもありません。

たとえば、日本ではよく引かれるこんな訳詩があります。原詩とともに、皆さんのお手許の資料にも挙げてありますので、ご覧ください。

秋の日の　　Les sanglots longs
ギオロンの　　Des violons
　ためいきの　　De l'automne

身にしみて　　　Blessent mon cœur
ひたぶるに　　　D'une langueur
うら悲し。　　　Monotone.

これは象徴派の詩人ヴェルレーヌのある詩の冒頭を、上田敏が訳したもので、『海潮音』に収められている名訳の誉れが高いものですが、しかしこれが原詩の価値をそのまま再現しているかと言えば、必ずしもそうは言えません。

ご覧のように原詩は一行がごく短いものです。フランスの詩句の長さは音綴（シラブル）の数で決定されます。その勘定の仕方はちょっと難しい規則がありますので省略しますが、この六行のリズムは、四—四—三—四—四—三の音綴から成っています。それを上田敏は、五つのシラブルだけを連ねる五—五—五の律動によって訳しました。それは見事に成功しまして、だからこそこの詩は皆の口に絶えずのぼることになったのでしょう。しかしそのために、「秋のヴァイオリンの長いすすり泣き」という原詩の初めの三行の持っている意味は消えてしまいました。この「長いすすり泣き」という言葉を聞けば、そこからおそらく人はヴァイオリンの弦の上をこする弓のきしる音を想像するはずですが、そのイメージを上田敏訳に求めることは困難です。

その原詩の意味を生かそうとして、次のような訳をした人がいます。

秋風の
ヴィオロンの
　節ながき啜泣き
もの憂き悲しみに
わがこころ
　傷つくる。

これは有名な『月下の一群』という訳詩集を出した堀口大學の訳です。もっとも彼は初め『月下の一群』ではこれと少し違った訳をしていて、その後いろいろ訂正してここに落ち着くのですが、この訳では意味がもう少し厳密に伝えられています。しかし逆に原詩の音のリズムは崩れました。さて、この二つの訳を較べて、どちらが原詩の価値を正確に伝えているのでしょうか。これは非常に難しい問題です。

もう一つの例を挙げましょう。これも同じヴェルレーヌの別な詩の冒頭です。

巷に雨の降るごとく
われの心に涙ふる。
かくも心に滲み入る
この悲しみは何ならん?

Il pleure dans mon cœur
Comme il pleut sur la ville.
Quelle est cette langueur
Qui pénètre mon cœur?

よく教科書やアンソロジーに引かれている詩で、いろいろな人が訳していますが、ここに引いたのはやはり堀口大學のものです。この原詩は六－六－六－六のリズムで、堀口大學はそれを七五調にリズミカルに訳しています。ただ原詩をにらんでみれば、そこに eu または œu の綴りの沢山あるのがお分かりでしょう。pleure, cœur, pleut, langueur, cœur といった具合です。この eu または œu は、曖昧な「ウー」というやわらかい音になるのです。フランス語には「イ」とか「エ」といった鋭く突き刺さるような音もありますが、そういう音とはまったく違った発音です。このやさしく包み込んでくれるような印象を与える「ウー」という音の頻りに出てくるのが原詩の特徴ですが、それを日本語に生かすことはまず不可能です。

ヴェルレーヌという詩人は、「何よりもまず音楽を」と言ったことでも有名でして、詩を音楽に近づけようとして、こうした音の特徴を生かす工夫もしているのでしょう。

このように見てくると、もし作品の価値が、意味も、リズムも、音も、文字面も含めて、その作品が読者のうちに創り出す感動だと考えれば、原作の価値をそのまま別の言語で再現するのは容易なことではありません。たとえば短歌のリズム、短歌の意味、音まで含めて、それを外国語にどう表現できるかと考えれば、その難しさは明らかでしょう。ですから、先ほどの『ル・フィガロ』の記事ではありませんが、ときには翻訳が「失われた時」になることも事実です。しかしすべての翻訳がそうなのだろうか。必ずしもそうとは言えません。

ところで今挙げたのは詩句の例です。では小説は、散文は、どうでしょうか。このことを考える上で参考になるのが、ポール・ヴァレリーの言葉です。

このヴァレリーという人は、詩人でも哲学者でもエッセイストでもあって、とくに第二次世界大戦以前の日本ではたいそうよく読まれた作家ですが、彼は詩と小説、詩と散文について、さまざまな興味深い考察や比較を残しています。とりわけ有名な比喩がありまして、彼は散文と詩を、歩くことと、ダンスをすることに喩えるのです。散文は歩くこと、つまり歩行である、詩はダンスつまり舞踊である、というのが彼の考え方です。

歩くにしても踊るにしても、われわれは同じ身体、同じ手足を用います。しかし歩くというのは、基本的にどこかの目的地に向かって進むことです。重要なのはそこへ到達することで、Aの道を行こうが、Bの道であろうが、着いてしまえば目的は達せられます。散文はこれと同じに明確な対象を目指すものだと、ヴァレリーは考えます。伝える内容が目的地である、というのです。だからその目的地さえ同一ならば、フランス語でも日本語でも、同じところに到達できるし、致命的な違いはないということになるでしょう。だからヴァレリーは、散文で書かれた小説は夢と同じようなものだ、と言っています。つまり、あんな夢を見た、こんな夢を見た、と夢を別な言葉で説明するように、別な言葉でこれを置き換えることができるというのです。「小説は人がそこから類似の形象を描き出すことに堪える。それはまた主要なものを失うことなく翻訳できる」と彼は言っています。

これに対して、詩に喩えられた舞踊、ダンスはどうか。ダンスはどこに行くわけでもありません。歩くのと同じ身体、同じ手足を使った行為であるにはちがいないけれども、行き着く先が問題ではなくて、ここでは行為自体が目的になります。どんなふうに美しく手足を動かすか、身体を使ってどんな美しい身振りを作り出すかが、鍵なのです。そしてこの態度を言葉に当てはめれば、そこに散文とは違った詩の世界が浮かび上がってくるでしょう。当然、舞踊も詩も、別なものに置き直すことが難しい。置き直せばそれは別な踊り、別な詩になるからです。従ってヴァレリー流に考えるなら、詩の翻訳が散文よりはるかに困難な仕事になるのは自明でしょう。

結局、散文も詩も同じ言葉を使いながら、目指すものが違っている。散文は何かを伝えることを目的とし、詩は表現そのものを目的としている、というのがヴァレリーの説ということになるでしょう。

ところでヴァレリーという人は、言ってみれば、ステファヌ・マラルメという一九世紀末の大詩人の弟子のようなものです。このマラルメもまた同じようなことを考えていて、ヴァレリーはその影響を強く受けたのでしょう。ではマラルメはどう言っているかと申しますと、彼は詩と散文というよりも、むしろ詩と日常言語を対比させました。彼は、日常の言語、一般の人々にとっての言語は、交換価値であり、通貨、貨幣のようなものだと言います。仮にわれわれが一〇〇〇円のものを買うとします。そのときに、出すお札がよれよれであっても、ピン札であっても、あるいはお札ではなくて五〇〇円玉二個を出しても、結局は同じ品物を手に入れることができる。それを手に入れることが目的なのですから、出すおカネはどんなものでも構わない。これが日常的・散文的なコミュニケーションにおける言語のあり方です。

しかし、詩についてはまるで違います。詩人がかりに「花」と言ったらば、まったくそれまでなかった言葉がそこで誕生するのです。またそれは、現実の花とは違ったもの、動かしがたいもので、それまで存在しなかった新しい「花」という表現として、いつまでも残らなければなりません。こんなふうにマラルメは考えていたと思うのです。

そのマラルメの影響を受けてヴァレリーは、ここから詩は舞踊、散文は歩行であるという比喩を創り出しました。ところが彼は後になって、フランスでは実はかなり早くからこのような比較が行われていたことに気づきます。一七世紀の初めに古典主義美学の基礎を築いた理論家でもあり、詩人でもあるフランソワ・ド・マレルブという人がいるのですが、この人がすでに散文を歩行に、詩を舞踊に喩えていたのですね。だから、この考え方は、一七世紀以来ずっと二〇世紀まで続いてきたフランスの伝統的な考え方だったと言ってもよいでしょう。

それだけではありません。面白いことにこの発想は第二次世界大戦後にも生き残って、さまざまな考察や思想を生み出しました。つまりは現代文学にも影響を残しているのです。それが今日とくにお話したいジャン＝ポール・サルトルの「アンガージュマン文学」という考え方で、そこでの詩と散文の扱い方はなかなか興味深いものなのです。

サルトルという人は、第二次大戦後に世界中で絶えずその発言や行動が注目されてきた巨人です。最近では『サルトルの世紀』という本も書かれたくらいに、この時代を代表する哲学者、作家、知識人と考えられていたわけです。そのサルトルは、第二次世界大戦直後に、「アンガージュマン文学」という考え方を提唱しております。この「アンガージュマン」というのは訳しにくい言葉ですが、普通には英語の「コミット」という言葉、「コミットメント」という言葉に近いので、ごく常識的には「社会参加の文学」などと訳されます。そこから、一種の社会派の文学、政治的な文学、と見なされて、今ではあまり評判がよくないのですが、しかしサルトルはそのような「社会参加」といったところに留まらずに、そこに独特な意味をこめました。だからここでは「アンガージュマン」という言葉をそのまま使うことにしますが、その重要な一側面が、詩と散文の関係をどんなふうに乗り越えていくかという課題としてあらわれるのです。

この「アンガージュマン文学」の出発点であり、その最初のマニフェストになったのは、一九四七年に書かれた『文学とは何か』という長いエッセイです。そのなかでサルトルはまず、言語の芸術である文学と、言語以外のものを素材とする芸術、たとえば絵画や彫刻や音楽を、ハッキリと区別することから始めます。たしかに言語というのは、コミュニケーションの手段になる言葉であり、必ず何かの意味を持った記号としての役割を備えています。それに対して他の芸術の用いる素材は、絵の具だったり、粘土だったり、石だったり、または音だったりします。そういったものは、みなそれ自体が記号としての役割を持っているわけではない、つまり意味を持っていない素材ですね。こんなふうにサルトルは、はっきり言語と言語以外の芸術を分けるのです。その上で、彼は言語芸術のなかでも散文は、言葉が記号としての役割を最高度に発揮する分野であると考えて、散文を「記号の王国」と見なします。それに対して詩は、言語芸術のなかで、散文に比べて、絵画や彫刻や音楽のような言語以外の芸術に最も近い部分を代表するものと位置づけられるのです。

近代の言語学の理論なら、ここにさまざまな微妙な問題が含まれてくるので、そう単純に分けるわけにはいかないのですが、サルトルの考え方はむしろ素朴なものです。つまり彼は、散文で用いられる記号とは何かの対象を指し示すものである、と考えます。この場合、重要なのは対象を明確に示すことで、言葉＝記号は、言葉以外のもの、つまり対象である「もの」を正確に示すのが役割だ、と彼は言います。

これに対して、詩はどうか。もちろん、詩でも使われるのは言葉ですし、言葉は必ず意味を持っています。しかしサルトルは、詩の場合、その意味さえもが記号ではなくて、言語以外の芸術の素材のように、「もの」のようになっている、と言います。その例として彼は、ランボーの作とされている有名な詩句を挙げたのです。

小林秀雄訳で紹介しますと、

ああ、季節よ、城よ、
無疵な心が何処にある。

O saisons! O châteaux!
Quelle âme est sans défauts?

これは、実はランボー自身が作ったのではなくて、彼がどこからかとってきた詩句であるということが現在では分かっています。いわば剽窃なのですね。しかし皆がランボーの作だと思いこんでいたので、今ではランボーと切り離せなくなっているのですが、それはともかくとして、サルトルはこれについて、「いったい、これは質問なのだろうか、それとも反語なのだろうか」と読者に疑問を投げます。ランボーは、「疵《きず》のない心」のあり場所を訊ねているのか、それとも「無疵な心なんてどこにもない」「誰にでも疵はある」と言いたいのだろうか。そんなふうに読者に問うてから、彼は直ちに答えます。そう考えるのは馬鹿げているだろう。なぜなら、「そう言いたかったとすれば、ランボーはそう言っただろうから」。

つまり、ランボーは、答えを要求しているのではない、答えの要らない絶対的な質問をしている、「もの」となった疑問を発したのだ、というのです。言い換えれば、「ああ、季節よ、城よ、無疵な心が何処にある」という詩句は絶対的で、変えられないものということになるでしょう。

ここまで来ますと、サルトルの言語観がヴァレリーやマラルメとどんなに似通っているかがお分かりでしょう。ヴァレリーによれば、散文は歩行であり、どこへ行くかという目的地が問題でした。サルトルもまた、散文は「記号の王国」であり、言葉の指し示す対象が重要だと言います。またヴァレリーによれば、詩はダンスであり、舞踊であって、重要なのはその踊り方でした。サルトルもまた、詩の場合には「もの」となった言葉、変更のきかない表現こそが重要だと言います。このようにサルトルという二〇世紀後半の作家にも、フランスの伝統的な詩と散文の対比が続いていることは明らかに見てとれますし、これは彼が、直前の世代であるヴァレリーやマラルメ、すなわち象徴派の詩人たちのものをよく読んで、その思想から深く影響を受けたことを示しているでしょう。

しかし類似はそこまでで、たちまち違いがあらわれます。というのも、「アンガージュマン文学」は、「社会参加の文学」などという通俗的な訳語でもお分かりのように、現実に働きかけ、読者に呼びかけ、訴えかけて、現実をなんらかの形で動かそうという側面を持っているので、何を読者に訴えるのかというその内容こそが重要になります。マラルメやヴァレリーが、表現そのものの完璧さを求める「詩」にウエイトをおいたのに対して、サルトルは逆に記号としての言語、つまり「散文」を重視したのです。彼にとっては、伝えるべき内容があり、それを的確に伝えることが重要だったのでしょう。

「作家の役割は猫を猫と呼ぶことにある」という彼の言葉は、そのことを指しています。この「猫を猫と呼ぶ」という表現も、フランスでは一七世紀の詩人ボワロー以来使われてきた言葉ですが、むろん猫の小説を書くこととは無関係で、普段われわれの目から隠されているものを、その本当の名前で呼ぶこと、その真の姿を捉えて伝えること、という考え方を示しています。現在で喩えて言えば、「民主化」という名前で他国への侵攻が行われたり、「人道支援」「復興援助」という名前でその侵攻に協力したりすることが行われています。これは「猫を猫と呼ぶ」どころか、虎かライオンを猫と言いくるめるようなものです。そうしたものを本当の名前で呼び、それでもって現代世界の隠された正体を余すところなく明るみに出して、読者の前にさらけ出すこと、これが「アンガージュマン文学」だとまずサルトルは考えたのです。

しかし、これは下手をするとアジテーションの文学にもなりかねません。たとえば崩壊した旧ソ連に、公認の文学理論である「社会主義リアリズム」というものがありました。あのようなものの二番煎じとも受け取られかねません。ただこれは「アンガージュマン文学」のほんの出発点で、サルトルはすぐにそこから先に進んで行きまして、詩と散文の単純な対立をどんなふうに越えるかということを課題にしていくのです。

ここで少しサルトルを離れて、詩と散文に別の角度から光を当ててみましょう。なるほど散文は目的地に向かう歩行と同じように、対象に向かって行きます。しかし、目的地に到達しさえすれば、どんな歩き方をしてもいいのだろうか。たぶん、そんなはずはないでしょう。同じ場所に行くにしても、格好のいい歩き方もあれば、ダラシない歩き方もある。だから歩行と言っても、そこにいくぶんかは舞踊の要素も含まれているのでしょう。

一方、舞踊、ダンスに喩えられた詩ですが、なるほどサルトルは、詩では意味さえも「もの」になったと言いまして、ランボーの「無疵な心が何処にある」は他の言葉に置き換えられない「もの」である、と言ったのですが、だからと言ってその詩句がけっして意味を欠いているわけではなく、「もの」となった意味は残るはずです。つまり、散文と違って詩句を別のものに置き換えることはできないにしても、読者がそれを意味として受け止めない限り、詩は存在しないと言っていいでしょう。仮にわれわれの知らない言語で書かれた詩があれば、それをいくら眺めても詩的な感動が生まれるはずはありません。そのことからしても、これは自明のことだと思われます。だからこそ、先に引いたヴェルレーヌの詩の訳のように、リズムを重視した上田敏訳と、意味を伝えようとした堀口大學訳が出てくるのでしょう。

そうなると、散文のなかにもいくらか詩の要素があり、詩のなかにもいくらか散文の要素が含まれている、と考えなければなりません。そのことを鮮やかに示したのが、一九世紀の大詩人ボードレールです。彼はご存じのように『悪の華』の作者で、この一冊の詩集がなければマラルメもヴァレリーもなかったし、フランスだけではなく、日本も含めて世界中の近代詩そのものが変わっていたと思われるくらいの存在です。だから誰しもが、ボードレールと言えば『悪の華』の詩人と考えます。しかし彼は『悪の華』だけではなくて、もう一つ重要な詩集を残しました。それは『パリの憂鬱』という題名で、これは全篇が散文で書かれた詩集なのです。そしてその両方に、たとえば「旅への誘い」という同じ題名の、同じ主題の詩があって、『悪の華』のなかではこれが見事な形式と律動を持った韻文で書かれており、『パリの憂鬱』では一篇の散文詩になっているのですが、この両方を読み比べてみると、これが明らかに同じ発想からもたらされた二つの異なった表現であることが分かります。

むろん散文詩もやはり詩には違いありません。しかし、『悪の華』では定型詩だったり、あるいは決まった律動に従って作られた韻文詩だったりしたものが、『パリの憂鬱』では、そうした制約をいっさい取っ払って、韻もなく、長さもまったく自由な散文で書かれた詩に変わっているのです。そうしてみると、ある一定のことを表現するのに複数の方法がある、ということになるのでしょうか。むろん、こうして表現されたものが完全に同じ内容とは言えないでしょうが、しかし本質を共有するもの、互いに通底しているものとは言えるでしょう。したがって、詩と散文はまったく別物ではなくて、実は互いに有機的に関係しあっていることも確かなのでしょう。

ここでふたたびサルトルに話を戻しますと、彼の場合の詩と散文も、徐々に単純な対立関係ではなくなっていきました。その一例として、日本に来たときの講演が挙げられるでしょう。

サルトルは一九六六年に来日して、熱狂的な歓迎を受けましたが、そのときに彼は三つの重要な講演を行っています。その三つ目は、「作家は知識人か」と題されたものですが、そのなかで彼は、「散文」について語ると断りながら、作家のアンガージュマンの話をしたのです。ごく乱暴に要約すれば、作家が自分の独白な感性、独自な見方を徹底的に表現すれば、それは必ずその作家のおかれた状況をなんらかの形で映し出すものになる、といった主張です。ところが、それを聴いているうちに、私は疑問を覚えました。そこで彼が語ったことは、「詩」にも通用する内容のものに思われたからです。それで、講演から数日経って、サルトルを囲む座談会に参加したときに、私は質問をしたのです。「先日の講演のなかで、あなたは『散文』について語ると言っておられたが、あれは『詩』でも同じ問題になるのではありませんか」、と訊ねたのですね。するとサルトルは意外なことに、あっさりと、「実際には、詩を含めていました」と肯定したのです。そればかりか、後にフランスで出たサルトルの評論集にこの講演が収められたときには、内容に手を加えて「散文家と称される詩人」と書き改めて、ほとんどこの両者を同視していたことを示したのです。つまり、いつの間にか彼のなかでは、最初に明確に区別していた詩と散文が、ぐっと近づいてきたのですね。

どうして、こういうことが起こったのでしょうか。理由はたぶん二つあるのでしょう。それは、一つは言語表現の問題、いま一つはサルトルの人間観です。まず言語表現という点から考えると、先ほど申しましたように、サルトルは最初、散文こそ「記号の王国」であり、アンガージュマン文学の基本である、という態度から出発しました。しかし仮に散文の言葉がどんなに記号の役割を果たしても、私たちが自分の伝えたいことを一〇〇パーセント読者に伝えることは不可能でしょう。私たちが何かを訴えると、それは読者の側でおおむね理解されるけれども、細かな点やニュアンスでは、いつも表現と理解のあいだに微妙なずれが生じます。人は銘々、それぞれの語について、他人と違った固有のイメージを持っており、それを通してコミュニケーションを行うのですから、そこに微妙なニュアンスの違いが生じるのは当然でしょう。さらにわれわれ各人の経験の違い、思想の違いもあります。たとえば私がこんなふうに話していても、きっと聴いておられる方のなかには、異なった解釈が生まれているでしょう。だからどんな場合でも、完全なコミュニケーションは不可能ですし、まして読者の同意を得られるかどうかはまったく不確かでしょう。

サルトルはあるところで、「人間の行動は、同時に成功でもあれば失敗でもある」と言っています。コミュニケーションも同様です。人は自分の言葉が理解され、コミュニケーションが成功したと思うときに、読者との連帯感を覚えるでしょう。しかし完全な理解があり得ない以上、それはまたいくぶんか誤解や無理解、挫折や失敗の要素を含んでいるはずです。逆に理解されなかったと感じたときには、言葉は「記号」という役割を失って、単なる「もの」に変わるでしょう。これはサルトルが詩について言ったような、一種の「もの」となった言葉に通じるものです。人はそのとき孤立感・孤独感を覚えるでしょうが、しかしこれはマイナスの要素ばかりとは言えません。すべての成功した行為のなかにも必ず挫折の要素があるのですから、それはそのような形でコミュニケーションの姿を示しているとも言えるのです。

サルトルはこれを「詩の深いナルシシスム」と言っています。また、「散文は詩の乗り越えだ」と言いながら、その一方で「詩とは、われわれみなの内における孤独の契機、たえず乗り越えることができるがそこへまたたち戻らなければならないものを、真に征服し直す契機である」と言っているのも、このことです。

こんなふうに、サルトルにおいては、詩と散文が初めは違う方向性を持ちながらも、互いに絡み合い、相手を乗り越えながらも、相手を必要とするものになっていきました。散文がなければ詩はないし、詩がなければ散文はないのです。こういう考えが、彼の日本での講演にそのまま現れていました。私が彼の講演を聴いたときに、これは散文だけでなく、詩も含んだすべての文学表現の問題だと考えたのはそのためです。

これは言語表現の問題ですが、しかしサルトルの場合に注目すべきことは、こうした考察がけっして言語の機能だけを切り離して行われるのではなく、生きた人間の捉え方に通じていることです。これが第二の理由になるのですが、それがまた彼の「アンガージュマン文学」の大きな特徴になっていくのです。

そうしたサルトルの考え方のなかで、私がとくに強調したいことが二つありまして、その一つは、彼が人間を、世界のなかで、状況によって、作られた存在と見なしている、ということです。同時に第二に、それと一見矛盾するようですが、彼は個々の人間を、まったく独自で、自由な存在とも見なしています。少し単純化して言えば、サルトルはいつもこの二つのことを軸にして人間を理解しているのでしょう。

だいたいわれわれは誰でも、物を書くときに、独自な表現を目指しますね。個性的な、自分独自なものを、なんらかの形で言語化したいと思うものでしょう。どんなエコール、どんな結社に属していても、一人ひとりの個性が表現にあらわれるわけですが、その表現のもとになっている個々人の独自性とは、いったい何なのでしょうか。それはどんなふうに作られているのか。仮にそれを説明しようとすると、われわれ各人を作り上げた家庭であるとか、階級であるとか、地方や、時代、伝統といったものを、その独自性を作った要因として人は思い浮かべるでしょう。この階級や時代といった条件は、けっして個人だけのものではなくて、皆に共通の普遍的なものですね。しかしどんなに普遍的な言葉でそれを説明しても、最後にやはりそこに解消されることのない一人の人間、一個の独自な存在が残ることに変わりありません。

こういう人間のあり方を、サルトルは「世界内存在」と呼び、また「独自的普遍」とも呼んでいます。そして先ほどふれた来日当時の講演では、このような他人と異なった自分の独自性を徹底的に掘り下げていけば、たとえば現代社会のなかで、自分が独自な存在であるということを、どこまでも問いつめていけば、それが同時にわれわれのおかれた状況の普遍的な理解を進めるはずだ、という立場に立っていたように思われます。それを彼はそのときに、「アンガージュマン文学」と呼んだのです。そして、今までの話の流れのなかでお考えいただければ、この孤立した独自な存在というのが詩の領域に通じ、普遍化を目指すというのが散文に通じることは、容易に見てとれると思います。詩と散文の関係は、このように世界と個人の関係にも通じるものなのでしょう。

こうして、「猫を猫と呼ぶ」という散文重視の単純な立場から出発したサルトルが、詩の問題、独自性の問題を取り込んできたために、その「アンガージュマン文学」の考え方を深めることができたと言ってもいいでしょう。

流行に敏感な日本では、現在、サルトルはあまり読まれていません。サルトル以後、いろいろな現代思想が次から次へと生まれまして、その紹介と消化に忙しい外国文学者から、サルトルは蔑ろにされている感じがあります。しかし私は今お話した意味での「アンガージュマン文学」、独自であって普遍を目指すという考え方は、文学の本質を突いていると思います。そしてその意味で、これに非常に強い共感を覚えています。

たとえば私自身の訳したプルーストも（だれもほかに、そんなことを言う人はありませんが）私はこれも一種の「アンガージュマン文学」だと思っています。というのも一九世紀から二〇世紀にかけてのフランス社会で、非常に裕福なブルジョワ家庭に生まれた彼は、さまざまな特殊な経験の末に、自分を作りだしたさまざまな要因を全面的に虚構の作品に構成して『失われた時を求めて』を書きました。この小説にはしたがって、彼の生きた環境、彼を作家に作り上げていった条件が鮮やかに描かれています。ほんの一例を挙げれば、プルーストは母親がユダヤ人で、半分ユダヤ人の血を引いていました。そして当時の反ユダヤ主義が急速に起こった社会では、その事実が、プルーストの性格や生き方に深い影響を与えますし、それはまた彼が作家になるのを選ぶことと、無関係ではありません。だからプルーストは当時のユダヤ人の姿を克明に描きます。そして、そうやって、自分が作家になっていく上での、普遍的な要因の一つを表現したのです。これはほんの一例で、ほかにも作品には数々の要因が書かれているのですが、そんなふうにして彼は生涯で一篇の小説を書き、自分を作り上げた普遍的な要因を解明しながら、それを小説にしていくことが自分の独自性を発揮していくことであり、作家としての自分の意味を見出していくことになる、ということを示したのです。だから、さっき申し上げた意味で、まさに「アンガージュマン作家」と言うことができるでしょう。つまりその時代の普遍性に迫ることが、プルーストという独自な個性が作られていった事情を理解する方法であることを、彼は小説家として知っていましたし、それを表現するために、非常に長い一篇の自伝的小説を必要としたのでしょう。

こうした文学は、ある長さを持った散文作品にふさわしいのかもしれません。私のお話したことは、主として散文にかかわる者から見た、詩と散文の関係です。ではこういう問題は、短歌の世界、詩の世界ではどうなるのでしょうか。これについてお答えはできませんが、しかしおそらく短歌にも、詩にも、「アンガージュマン」というものがあるはずでしょう。私には分かりませんが、ことによるとそれは「猫を猫と呼ぶ」という散文の精神を、詩のなかにどう取り込むのか、といった課題になるのかもしれません。

表現の問題で言えば、私は最近、ある俳句の選者が、短い詩形のなかに、「自分の発見」と「普遍性」をどう両立させるかが、俳句の芸である、と語っているのを目にして、なるほどと思いました。つまり長さは違っても、一つひとつの作品は、やはり独自でかつ普遍的なものを目指すものと思われたからです。

また、たとえば昨年刊行された『定本 太田青丘全歌集』を拝見していると、個々の作品はそのときどきの場面や感慨の表現ですが、それが一つの歌集になりますと、それぞれの時代の日本や世界の状況をそのまま映し出しているのがよく分かります。またそれらの歌集の集大成としての全歌集となりますと、その時代を生きた一歌人の生涯の表現であるということが非常によく分かりました。そのような形での、普遍性に迫る独自な表現、すなわち「アンガージュマン」があるのかもしれません。しかし、これも歌の素人が行う勝手な想像の域を出ないことです。

いずれにしても、『ル・フィガロ』の記者のように、短詩形と息の長い散文とは無縁であると考える人ならいざ知らず、詩と散文の有機的な関係は、たぶん文学にかかわる者にとって、避けて通れない問題を含んでいるのではないかと私は考えています。

繰り返せば、これは独自なものと普遍的なものとのあいだの緊張関係とも言えますし、もっと平たく言えば、孤立した個人と、時代とのあいだの緊張関係にも通じるものです。もう先の短くなった私は、戦前の日本が戻ってくるような不気味な予感のなかで一生を終えることになりますが、残りの人生でもできる限りその緊張を維持しながら、非力ではありますが文学にかかわっていこうと考えています。これを最後の結びとして、「潮音」のますますのご発展を祈りながら、このまずい話を終えることにいたします。

文学研究者の方法——プルーストとサルトルをめぐって

第五七回日本病跡学会特別講演（二〇一〇年四月二三日）

はじめに

ただ今ご紹介にあずかりました鈴木道彦です。本日は第五七回日本病跡学会にお招きいただきまして、有り難うございました。

この会で何か話をするようにというご依頼がありましたのは、もう随分前のことになります。学会の講演など、とても私の任ではないと申し上げて、何度も辞退したのですが、そのたびに説得されて、気が弱いものですからとうとうお引き受けする羽目になりました。

私は病跡学について、まったくの門外漢ですし、数年前までは「病跡学」という言葉さえ知らないほどでした。もっとも、クレッチュマーの『天才の心理学』を読んだのはもう何十年も昔のことですし、その後もこの種の研究を読まなかったわけではありません。しかしそれを病跡という言葉に結びつけて考えたことはありませんでした。

数年前に『軽井沢高原文庫通信』で、福島章氏がなさった「有島武郎の死と文学」という講演のテクストを読みました。その冒頭で福島氏は、病跡学の研究者がやることは、第一にひたすら作品を読むことである、作品を読んで、精神科医の頭に浮かぶものを確認することである。第二に年表を書き、そこに作家の生活の歴史、交友関係、作品の完成時期などを書きこんで、歴史のなかの人間を考えていくことである、という趣旨のことをおっしゃっています。このような作業は、文学研究、作家研究でも、やらないわけではありません。では、文学者はどんな方法でそういう作業をするのか、そこにどういう問題があるのか、というのが本日の中心テーマです。それがいくらかでも病跡学のご専門のかたの参考になれば、というくらいの気持で、話をさせていただきます。

ロラン・バルトの「作者の死」

いま文学研究者もそのような作業をやると申しましたが、実を言うとこれは自明のことではありません。とくに第二次世界大戦以後になると、フランスでは、生身の作者、実際に生きてさまざまな経験をした作者と、書かれた作品とを切り離すという考え方が、しばしば表明されました。それを端的に示したのがロラン・バルトです。バルトは構造主義の代表的な存在で、いわゆる「新批評」(ヌーヴェル・クリティック)の先駆者ですが、一九六八年に「作者の死」という非常に刺激的な論文を発表しています。

これは一九世紀以来の伝統的な批評の方法に対するラディカルな反論でした。実際一九世紀から二〇世紀にかけての文学研究や批評の世界では、「人と作品」という前提が自明のことと考えられていたのです。だから、ある作家の名前をタイトルにして、「その生涯と作品」という副題をつけた夥しい数の著作が刊行されています。そのような書物では、たいがい初めにその作家の送った生涯が略述されます。このように、予めその作家の人物像をざっと描き出した後に、その人物の書いたものとして、次に作品を紹介・分析するのが、ごく一般的な形式でした。つまりまず作者があり、ついで、その作者の作り出したものとしての作品があったのです。

ところがバルトは、作者という媒介をおかずに、テクストを一つの自立した言語活動と見なして、直接にそれに迫ることを主張します。いわゆる「テクスト理論」が提唱されたのです。そしてこうした考え方に立って、彼は言語学や記号学の概念をそこにあてはめて、テクストを解読したのです。

バルトによれば、文学についてそういうことをフランスで最初に考えたのは、一九世紀末の詩人マラルメです。マラルメは難解で有名な詩人で、一般読者にはほとんど呪文のように見える詩を書く人と見られていますが、彼にとって「書く」というのは、詩人がいて、何か自分が感じたこと、考えたことを読者に伝えるのではなく、窮極的にはただ言語のみが語る地点に到達しようとする行為である、というわけです。「マラルメのすべての詩学は、エクリチュールのために作者を抹殺するところに成立する」とバルトは言います。

日本ではフランスの先端的な文学理論が、だいたい一〇年から一五年遅れで流行します。だから、一九七〇年代から八〇年代にかけては、「作者の死」、「作者の消滅」を論じる実に多くの文章が書かれ、言語学、とくに記号論などを援用した難しい論文が次々と発表されました。

ジャン＝ポール・サルトルが厖大な資料を駆使して、三巻から成る分厚いフローベールの伝記を発表したのは、このように実在の作者とテクストとを切り離すような文学的潮流が流行し始めた時期、すなわち一九七一年から七二年にかけてです。三巻と申しましたが、これは細かい活字で組まれた三〇〇〇ページに及ぶ大冊です。そして彼は明らかに、テクスト理論とは正反対の立場に立ってこれを書いたのです。

サルトルの評伝的文学論

サルトルは哲学者であると同時に小説家でもあり、戯曲も書けば、ラディカルな政治的発言もした人物で、第二次大戦後の大知識人として、単にフランスだけでなく、世界的に重きをなしたことはご承知の通りです。しかしサルトルの残した最も重要な仕事の一つに、独自の観点で書かれた評伝的作家論があることは、あまり一般の常識になっていないかもしれません。

その面では、彼はまず第二次大戦後にボードレール論を書きました。ついで一九五二年には、分厚い『聖ジュネ』と題されたジャン・ジュネ論を刊行しています。ジュネは、サルトルより少し若い同時代人ですが、不思議な生まれで、パリの娼婦の子供でした。父親は分かりません。しかも彼は同性愛者でした。そして一三歳くらいから、ヨーロッパをあちこち盗みをしながら放浪するという生活を始めます。窃盗で一三回捕まって、延べ四年余りを刑務所で過ごしていますが、驚いたことに、そのあいだに彼は本を読んで作品を書き始めたのです。そしていつの間にかサルトルやコクトーも舌をまくような、二〇世紀の大作家と見なされる存在になりました。こういう実に不思議な作家なのです。

サルトルはこのジュネの半生を細かく記述し、その思想遍歴を克明に辿って、どうして彼が想像世界を選ぶに至ったかを明らかにしましたが、それと並行して先ほど名前の出たマラルメについての大作も準備しており、約二〇〇〇枚の原稿を書いたといわれます。その当時、サルトルはあるインタビュで、極めて意識的に「アンガージュマン」を行った作家としてジュネとマラルメを挙げ、この二人に心から共感を抱いている、と明言したことがあります。とくにマラルメに対しては「能う限り全的（トータル）な、詩的でも社会的でもあるアンガージュマン」を行った詩人であると絶賛して、こう断言しています。

「もし文学が全体（tout）でないならば、一時間の労苦にも値しない。そのことを私は、《アンガージュマン》という言葉で表現したいのです」（『サルトル対談集　一』人文書院）

サルトルの「アンガージュマン」といえば、とかく「政治参加」などと単純化され易く、象牙の塔にこもって難解な詩を書いたと思われているマラルメにそれを当てはめるのは異様な感じを与えるかもしれません。しかしマラルメはまた「私は書物以外の爆弾を知りません」と語った人でもあり、「世界は一冊の書物に近づくためにできている」と言った詩人でもありますから、「書く」という行為は彼にとって世界全体にも匹敵するものだったのでしょう。

サルトルの「マラルメ論」は、詩人の生涯を細かく辿って、どのようにしてマラルメが独自の「アンガージュマン」に到達したのかを明らかにする文章だったに違いありません。だが不幸にしてその大部分は、アルジェリア戦争のときに、サルトルの言動を憎む頑迷な植民地主義者たちのテロでプラスチック爆弾が彼のアパートを焼いたときに失われたそうです。ただ別に取り分けていた部分のみが難を免れ、晩年にマラルメ論のエスキスとして発表されました。

こういう一連の評伝的文学論を試みた末に、その集大成のようにとりくんだのが、先ほどふれたフローベール論、『家の馬鹿息子』なのです。このように戦後のサルトルは、ずっと継続して作家論を書き続け、晩年に失明して仕事が不可能になるまでやめなかったのです。

ところでそのフローベール論の序文にあたる部分で、サルトルはこう記しています。

「『家の馬鹿息子』は『方法の問題』の続編である。その主題とは、今日、一個の人間について何を知りうるか、ということだ」

「一人の人間とは決して一個人ではない。人間を独自的普遍と呼ぶ方がよいだろう。自分の時代によって全体化され、まさにそのことによって、普遍化されて、彼は時代のなかに自己を独自性として再生産することによって時代を再全体化する」

「一個の人間について何を知りうるか」というのが主題なのですから、むろん「作者の死」を提唱するバルトやその亜流とは正反対の立場です。しかも、サルトルはこれが『方法の問題』の続編」であると言い、またその人間を「独自的普遍」と呼んでいます。この「独自的普遍」という表現こそ、サルトルが追及してきた人間理解のキーワードなのですが、それを考えるために、まず彼の言う『方法の問題』とは何かを見ておきましょう。

『方法の問題』

これは一九五七年にサルトルが、自分の主宰する月刊誌『レ・タン・モデルヌ』（現代）に二度にわたって発表した長い論文で、もともとはマルクス主義と実存主義の関係を扱ったものですが、またサルトルの人間理解の方法を明らかにしたものと言ってもいいでしょう。というのも、サルトルは実存主義者と言われますが、一九五〇年代からは急速にマルクス主義に近づいていたからです。しかしそれは硬直したマルクス主義を受け入れようとしたのではありません。本来のマルクス主義は、理論的な基礎を備えた、すべての人間の活動を包含することができる発見学（euristique）である筈だ、というのがサルトルの考え方なのです。

『方法の問題』には、このマルクス主義と実存主義の接点を示すような言葉が書かれています。たとえば次のようなものです。

「もしもわたしがヴァレリーを、すなわち、前世紀末のフランスのプチット・ブルジョワジーという、あの歴史的で具体的な集団の出身者であるプチ・ブル・インテリを理解したいと願うならば、マルクス主義者たちに意見を求めない方がいいだろう。（中略）ヴァレリーが一個のプチ・ブル・インテリであるということ、このことに疑いはない。しかし全てのプチ・ブル・インテリがヴァレリーであるわけがない」

「個人の還元不可能な特殊性は、普遍性を体験する一つの仕方である」

「プチット・ブルジョワジー」という言葉は、マルクスの『フランスにおける階級闘争』を始め、至るところに使われている表現ですが、それは他の階級、つまりブルジョワジーやプロレタリアートとの関係において、ある階層の人間を普遍的に規定する言葉です。また、時代的な一定の役割を含んだ表現でもあります。そして単純なマルクス主義者は、「ヴァレリーはプチ・ブル・インテリだ」と言えば、ヴァレリーのことが片づいたような錯覚を持ちかねません。しかしそのように規定したところで、ヴァレリーの独自性が尽くされるわけではありません。では、どうしてヴァレリーが「ヴァレリー」になったのか。

それを知るためには、マルクス主義的な把握に加えて、幼少期の体験とか、家族とか、出身の地方とか、居住集団とか、職業とか、病気があればその病気、あるいは障害とか、そういった要素を検討する必要が生じます。当然そのようなものを把握するための、さまざまな知の手段が動員されなければなりません。たとえば精神分析や、ある種の社会学や、場合によっては医学なども必要になるでしょう。サルトルはそうした知の成果を取り入れることを提案しており、それらを「補助学」と呼びます。むろん動員される知の手段をそれだけに限定する理由はありません。対象に応じて、さまざまな他の手段が必要になることは言うまでもないでしょう。

しかし、サルトルの特徴が最もよくあらわれるのは、このように知の手段を動員しながら、決して単に自然科学のように対象を捉えるのではなく、歴史のなかの個々の人間の実存を理解する方法を模索している点にあります。

そのような理解を可能にするのは、「知的理解」(intellection) ではなくて、一種の「感情移入」(empathie) まで含めた「了解」(compréhension) である、とサルトルは言います。またそれを成立させる方法を「前進的＝遡行的方法」(Méthode progressive-régressive) と名づけているのです

「われわれは実存主義者のアプローチの方法を、遡行的－前進的かつ分析的－綜合的方法、と定義したい。それは対象 (これは序列化された意味作用として時代すべてを含んでいる) と時代 (これはその全体化作用のなかに対象を含んでいる) との間の豊饒化の力をもった往復運動である」

「遡行的」というのは、もともと過去に遡るということですから、個々人をその環境、階級、社会、時代のなかに据え直す方法です。虚構の作品も人間の作り出したものですから、必ず作者の何かを含んでおり、それを解読することで、その作家を作り上げた条件や隠れた要素へと遡行することが可能になる筈です。

それに対して「前進的」というのは、そのように捉えた過去あるいは対象から未来へと進む動きで、それこそ実存哲学の核心をなす「投企」（projet）あるいは「自由」の動きに他なりません。つまりすべての人間は、さまざまな要因で客観的に条件づけられていますが、同時に自分を作るそれらすべての客観的条件を未来に向かって乗り越えて、それらの条件に意味を与えていく存在でもあります。しかし、それは本人にとっても未知の未来に入りこんでいく行為ですから、知の手段で客観的に把握することはできません。当然そこには想像力を働かせる必要が生じます。だからサルトルはこのようにして捉えた人物の評伝を「真実の小説」と呼ぶのです。これが「独自的普遍」の姿ですし、それを捉える手段こそ、この前進的—遡行的方法と言えるでしょう。これはサルトル人間学の特徴と言っていいものです。

一九五七年の『方法の問題』から、一九七一―七二年の『家の馬鹿息子』までのサルトルは、こうした人間理解の方法を整え、深めていくことに意を注ぎました。そしてこのような方法が全面的に展開されたものこそ、彼のフローベール論です。

私はこの方法に非常に興味をそそられて、これを生かした作家論が可能ではないか、と考えました。たとえば私の関心の対象であるプルースト理解にこうした方法をあてはめて、作品や諸資料から作者を作った条件へと「遡行」したうえで、彼の生涯を「前進的」に捉えていくというのは、作者によく似た分身ともいえる主人公の成長を描いた彼の作品理解のためにも有効な方法ではないでしょうか。そのような視点で、私は七〇年代から八〇年代にかけて、一連の試論を書きました。その一部分は、私の『プルースト論考』に収められていますが（これは後に藤原書店から出版された『マルセル・プルーストの誕生』のなかに、より完全な形で収められた）、そこで次に、それに関連した問題のほんの一端をお話しましょう。

プルースト研究の方法――母親・喘息・神経

プルーストと言えば、二〇世紀西欧文学の代表的な小説家であることは誰もが知っています。ただその『失われた時を求めて』という作品があまりの大作なので、読まれたかたは決して多くはないでしょう。

しかしたとえ読んでいないかたでも、マドレーヌの挿話は耳にしておられるのではないでしょうか。成長した主人公がある寒い冬の日に、外出先から帰ってくると、母親が「寒かったろう」と言って、熱い紅茶とマドレーヌをくれます。そのマドレーヌを紅茶とともに口に含んだ途端に、主人公は突然に強い快楽に包まれます。それは、子供のときにコンブレーという田舎で、親戚の叔母がくれたマドレーヌの味が蘇ってきたためでした。その田舎の思い出は、それまでいくら記憶を辿っても断片的にしか浮かんでこなかったのに、菓子と紅茶を味わった途端に、過去が生き生きと全面的に蘇ってきたのです。つまり真実を保存しているのは知的な記憶ではなくて、このような感覚であり、「無意志的記憶」である、というのがプルーストの有名な挿話です。

またプルーストについては、『源氏物語』に比較される華麗な社交界を描いた作家であるというイメージをお持ちのかたもあるかもしれません。さらに喘息持ちで、一生涯この病気に苦しめられたことや、同性愛者であったこと、うるさい外部の音を遮断するコルク張りの部屋に閉じこもって作品を書いたことなども、彼を語るときにしばしば話題になる事柄です。

このプルーストを考える場合に、家族の問題はきわめて重要です。彼の父親は、地方の小さな町の雑貨屋の倅ですが、非常に優秀な人で、パリに出てきて医学を学び、医者としてたいへんな出世をして、当時の医学界の重鎮とされました。したがって、プルースト家は上昇するブルジョワ階級ないしはプチ・ブル階級に属していると言えるでしょう。

またプルーストの弟もきわめてまっとうな職業に就いた人物で、父のあとを継いで立派な医者になりました。

だがとくに重要なのは母親の存在です。この母親はパリのたいそう裕福なユダヤ人の娘で、彼女の家系のなかでキリスト教徒と結ばれた最初の人です。しかも実家の人たちも彼女も誰一人改宗せず、死ぬまでユダヤ教徒であり続けました。つまりプルーストは「半ユダヤ人」だったのです。またパリでプルーストが幼い頃から行き来していた親類も、すべてユダヤ人でした。

しかも一八七一年生まれのプルーストが物心つき、成長した時代、とくに一八八〇年代は、フランスで反ユダヤ主義が急速に台頭した時期でした。その結果として、九〇年代になると、無実のユダヤ人将校をスパイにでっち上げたドレーフュス事件などが起こるのです。むろんユダヤ人とその縁者が、こうした空気を鋭く意識しない筈はありません。

ところが、『失われた時を求めて』に描かれた主人公の母親は、ユダヤ人ではありません。また、主人公は弟のいない一人っ子です。つまりプルーストは、自分の分身のような主人公を創造しながら、自分の家庭をそのまま作品に描いたわけではありません。その代わりに、作品には何人かのユダヤ人が登場しますし、ユダヤ人をめぐるいくつかの事件も描かれており、背景にはドレーフュス事件が絶えず流れていて、登場人物たちの話題になっています。さらに同性愛者とユダヤ人が、同じように差別されたマイノリティの集団として常に比較されてもいて、プルーストのユダヤは、作品の隅々まで浸透していると言えるくらいです。だから、サルトルの言う「独自的普遍」としてのプルースト、時代の全体性によって作られながら、自らを独自な存在として作り出したプルーストを理解しようとすれば、まず一九世紀のユダヤ人の状況と意識を知ることが不可欠ですし、またプルーストのユダヤ意識を把握することは作品理解のうえでもきわめて有効な方法なのです。ただこれは余りに大きなテーマなので今日は省略し、ここでは母親と喘息と神経に関係する一つの挿話のみに的をしぼらせていただきます。

プルーストが最初に喘息の発作に襲われたのは、九歳のとき、ブーローニュの森の散歩からの帰りでした。花粉が原因だったようですが、非常に急性の猛烈な発作を引きおこし、これが持病になって、一生のあいだ彼を悩ませます。それ以来、彼は田園の自然に接することのできない人間になってしまうのです。

『失われた時を求めて』の主人公も翻訳の第三巻で、シャン＝ゼリゼ公園で遊んでいたときに発作を起こし、それ以後は重症の喘息に苦しみます。そして少し注意深く読めば、それ以来、発作への言及や暗示は作品の至るところにあって、彼のものを見る目は絶えずこの病気への恐怖を引きずっていたことが分かります。

私はプルーストと喘息の問題も、いまから四半世紀ほど前に集中的に調べて論文を書いたことがあります。当時簡単に手に入る日本語の喘息にかんする文献には目を通しましたし、医学的な立場でプルーストを研究したフランス語の文献も読みました。現在は喘息という病気が専門家のあいだでどのように理解されているのか、不勉強な私は何も知りませんが、当時の研究者たちの見方は実に多様で、プルーストの病気の原因を単に体質と決めつける者、アレルギー説や自律神経失調説をとなえる者から、精神分析的な立場で母の愛を求めるというところに病因を探る者、さらに弟の誕生という事実を強調する者など、実にさまざまでした。

むろん専門家でない私には、発病の原因を判断することなどできません。ただ私にも分かるのは、九歳のときの激しい発作以来、しばしば訪れる苦痛をプルーストがどんなふうに堪え、発作とともにどんなふうに生き、どんなふうに喘息を理解していたか、ということです。それは作品や手紙を通して窺うことのできる問題です。

プルーストは自分の病気を「枯れ草熱」（fièvre de foins）と言ったり、また「花粉熱」（fièvre des fleurs）、「枯れ草喘息」（asthme de foins）などとも呼んでいます。だがそれ以上に、しばしばこれを「神経症」（névrose）、「神経性喘息」（asthme nerveux）と言っているのが重要です。彼は自分の病気を理解するために、当時の医学書も読んだうえで、喘息と神経の強い関係を確信していましたし、ときにはそれをほとんど同視していました。また、友人たちに自分の喘息の発作を報告する夥しい手紙を書いており、それは少しずつ誇張されていきます。とくに母に対しては、発作があったかどうか、夜は眠れたか、薬をのんだかどうか、吸入を行ったかなど、詳細に伝えているのです。それはプルーストの健康が母の最大の心配になっていたからですが、同時に、母に甘えきっていたプルーストは、喘息のために母からいたわられることに喜びを覚えていたようにも思われるのです。

そのような関係を暗示する文章には事欠きません。たとえば処女出版の『楽しみと日々』に序文の体裁でつけられたものなどはその一つです。この『楽しみと日々』という本は、二〇歳代前半までに書いた詩や散文詩、短篇小説などを集めたものですが、その冒頭に、旧約『創世記』の有名なノアの方舟にふれた次のような一節があるのです。

「私がまだほんの子供だった頃、聖書のどんな人物の運命にもまして惨めに見えたのは、ノアの運命だったが、それは大洪水のために四〇日のあいだ方舟に閉じこめられていたからである。後に私は何度も病気になり、幾日ものあいだやはり『方舟』のなかに留まっていなければならなかった。そのとき私は理解した、方舟は閉ざされており、地上は夜であったにしても、ノアは方舟のなかからのように世界をよく眺めたことは一度もあり得なかったろう、ということを」

旧約では、四〇日というのは雨の降り続いた期間であり、その結果、大洪水になって、ノアは一年以上も方舟から出られなかったことになっています。しかしそれはともかくとして、ここで言う方舟が、「枯れ草喘息」「花粉喘息」のために自然との接触を絶たれて閉じこもることを余儀なくされたプルーストの状態を比喩的に示していることは明らかでしょう。

そのうえ、いまの引用のすぐ後には、次のような文句が書かれています。

「回復期になると、それまで付ききりで夜もそばを離れなかった母は、『方舟の扉を開けて』出ていった。だが鳩のように、『その晩には再び戻って来た』。やがて私は全快した。すると母は鳩のように『もはや戻っては来なかった』。(中略)洪水のやさしい鳩よ、お前の飛び立つ姿を見つめる家長のノアが、蘇る世界の喜びにいくばくかの悲しみが混じるのを感じなかったなどと、どうして考えられるだろう」

ノアは、水が引き始めると、様子を確かめるために鳩を放つのです。ところが鳩は、最初まだ水が完全に引いていなくてとまるところもないので、また方舟に戻って来ます。さらに七日後に鳩を放つと、今度はくちばしにオリーヴの葉をくわえて戻って来ます。さらに七日後に鳩を放つと、もう戻ってはこなかった、というのが旧約の記述です。

そしてプルーストは、ノアにとって洪水が引いて世界が蘇るのは嬉しくても、鳩が去って行くのは寂しい筈だと言うのです。言いかえればプルーストは、自分を苦しめた喘息から解放されてほっとしながらも、母がかたわらに付ききりでいたわってくれる必要がなくなることに、幾分か寂しさを感じていたのです。だからこそ彼は母への手紙で、喘息のことをこまごまと書くのだし、その記述が少しずつ誇張されていくのも理解できるのです。彼は真実の病気に苦しみながら、同時にその病気をいくらか演技して同情を買うことも覚えていったのでしょう。

そのように見てくると、直接喘息とは関係がない筈の『失われた時を求めて』の冒頭に書かれた母と子の関係にも、実は喘息と通じるものがあることに気づきます。

その場面の主人公は、喘息を発症する以前のごく幼い子供ですが、彼にとっては毎晩母親から「おやすみ」のキスをもらうのが、何物にも替えられない大切な儀式なのです。ところが来客などがあって、母がそのためにキスをしに来てくれないときがある。このようなときの苦しみが、綿々と何ページにもわたって語られます。

とうとうしまいに主人公の少年は、ある日、悲しみのあまり、もう一度ママンの顔を見ないうちは眠るまいと覚悟を決めるのです。そして客が帰って真夜中に両親が寝室に上がって来るまで、自分のベッドのそばで待ちかまえています。いよいよ両親の足音が聞こえてくると、その途端に彼は階段に飛び出して行って、「おやすみを言いにきて」と母に懇願するのです。

こんな甘ったれた、べたべたしたことをすれば、必ず厳しく叱責されるだろう、と少年は覚悟しています。なぜなら、「母と祖母は私を非常に愛していたから、ただ苦痛を免れさせようというのではなく、私のぴりぴりした神経を和らげ、意志の力を強くするために、苦痛を克服することを教えようと考え」ていたからです。ところが意外なことに、その日に限って父が母に、「今晩はこの子のそばで寝ておやり」と、ひと晩母が付き添うことを許してくれます。つまり、少年の悲しみは「意志ではどうにもならない病気であると公に認められ、私には責任のない神経の状態だと見なされた」というのです（鈴木道彦訳、集英社文庫ヘリテージシリーズ、第一巻九五ページ。以下I-95と略す）。これはまさに喘息のときの母と子の関係と同じことでしょう。

「意志ではどうにもならない病気」すなわち「神経の状態」。このような意志と神経の対立は、プルーストが若いときから何度も書いた主題です。たとえば先ほど引いた『楽しみと日々』のなかには、意志の欠如をテーマにした短篇がいくつも並んでいます。また同じ頃、プルーストは自分の経験をそのまま小説にしたような長篇（『ジャン・サントゥイユ』）を書き始めて、結局は完成できずに諦めるのですが、その冒頭でも『失われた時を求めて』と同じように、主人公のジャンが母の「おやすみ」のキスを待って神経を苛立たせ、泣いたりわめいたりします。そして結局、これも「意志によらない神経の苛立ち」ということで、ジャンには責任がないことになり、母が折れて子供のそばに来てくれるのです。そのとき、主人公のジャンは七歳という設定になっています。

これほど執拗に同じようなシーンを書くのは、作者自身も似た経験を持っていたからでしょうか。そうかもしれません。少なくともプルースト家では、これと同じ意味を持ったシーンが繰り広げられて、意志の弱い神経質なマルセル、絶えず他人に頼り、他人に甘えるマルセルが、問題になっていたのでしょう。

その証拠に、プルースト自身が「サロンの質問帖」と呼ばれるアルバムに書いた言葉が残っているのです。これは二〇項目くらいの印刷された質問に、サロンの訪問者が回答を書くアルバムですが、プルーストはまず一三歳頃、つまり喘息の発症後に、「あなたにとって一番惨めなことは何ですか」という項目に、「ママンから引き離されることです」と答えています。また二〇歳頃と思われるアルバムには、自分の主要な性格は？と問われて、「愛されたいという欲求。より正確に言えば、尊敬されたいというよりも、むしろはるかに、愛撫され甘やかされたいという欲求」と書いているのです。また、自分の主要な欠点を、「《意欲する》のを知らないこと、《意欲》できないこと」と書き、自分の持ちたいと思う天賦の資質として、「意志と、他人の心を惹きつける力」と書いています。「意欲する」(vouloir) とは、その意志を持つことですから、こうした言葉は、いずれもそれを裏づけるものでしょう。ここには、行動の意欲よりも、他人に愛され、甘やかされるのを好む、非常に受動的なプルーストの態度が正直に現れています。

プルースト家だけではなく、おそらく一九世紀のブルジョワ家庭、それも上昇していくブルジョワ家庭では、牽引力としての「意志」が強調され、美徳とされていたのではないでしょうか。だからこそ当時非常によく読まれた心理学者テオデュール・リボは、『意志の病』という本を書いているのでしょう。そのなかで著者は、「意志を持つとは行動することであり、意志の働きとは行為への移行のことである」と言っていますが、この本は版を重ね、プルースト自身もこれを誉めているので、プルーストの考える意志もそのようなものなのでしょう。

そのうえ、二〇歳代前半のプルーストは、しきりに家族から就職を迫られていました。しかし、まともな就職などしたくない、文学や哲学をやりたい、というのが彼の願望です。それを示す父親宛の手紙が残っています。

「ぼくは外交官試験なり、古文書学校の入試なり、お父さんのお望みのものを本気になって準備するつもりです。（中略）でもぼくは依然として、文学と哲学以外のどんなことをやろうと、ぼくにとってそれは失われた時だと思うのです」（一八九三年九月頃の父への手紙）

先ほど引いた『ジャン・サントゥイユ』でも、就職の話が出てきます。七歳のジャンが執着する母親の「おやすみ」のキスは、訪問者のために妨げられるのですが、その訪問者は医者なのです。そして彼は母親に、将来ジャンを医者にする気はないかと訊ねます。母親は、とても医者などになることは不可能だけれども、できれば外務省なり上級の役所なりで立派な地位について欲しいと答えます。そのためには、当然のことながら意志を鍛えなければなりません。さらに母親は、「芸術家にだけはしたくありません」と答えています。

もしもこのような行動の倫理を支える意志、まともな職業に就く資格を与える意志に対して、母がそばに来てくれないので悲嘆にくれるということが、本人には責任のない神経の状態であり、それを意志で克服する必要もないとすれば、あるいはそれが本人の自由にならない病気であるとすれば、事情はまったく変わります。つまり過敏な神経や、行動する意志の欠如が、公認のものになるわけですが、それを意識することは、実はプルーストが文学に進むための逃げ道であり、彼が作家として形成されていく条件でもあったのです。

プルーストが喘息と神経を常に結びつけていたのはそのためでしょう。したがって、喘息は彼が作家になることと切り離せないものでもあったのです。この点で面白いことに、『ジャン・サントゥイユ』には序章にCという作家が出てきますが、彼はプルーストと同じに枯れ草喘息を持病としているのです。ところがあるとき別の病気にかかり、それがだんだんと重症になって命も危なくなったので、信頼していた若い友人を呼び寄せて、自分の書いた草稿を託します。それが『ジャン・サントゥイユ』という小説である、というのが序章の設定です。そのときにCは、今では田舎にいてももう苦しくなくなった、喘息の発作も起こらない、だからもうお終いだ、死が近い、と言うのです。おそらくプルーストも喘息のために、ひどい苦しみを味わったでしょう。しかし、このCのような作家を描けるほどに、喘息は神経とともに、若いときからプルーストの人格の一部になっていたのでしょう。

だからこそプルーストは『失われた時を求めて』のなかで、ある精神科医に、「私たちの知っているすべての偉大なものは、いずれも神経質な人（nerveux）からきています」（V-627）と言わせているのです。また神経質であるということが才能の一部であるかのような記述もあちこちに見られます。

その一方で、意志については、「過去と現在の断片」から、「実用的な目的、狭い意味で人間的な目的にふさわしいものしか保存しない」ので、真実の姿を剥ぎ取ってしまう、という意味のことも書いています（XII-377）。つまり、プルースト家でしきりに植えつけようとした「意志」の力とは、まっとうな社会で生きていくための実用的なものにすぎず、美や真実とは何の関係もないとプルーストは考えているのでしょう。だから、このようにめそめそして、母に執着する子供を冒頭に描いたプルーストは、その実用的な世界と対立するもう一つの世界を主張しているとも言えるでしょう。それがプルースト文学の基本になるものなのです。

そのことを的確に見抜いたのは、ジャック・リヴィエールという批評家です。彼はプルーストより大分若い人ですが、いち早くプルーストの才能を認めて彼を世に出すのに力を注いだ人物でもあります。プルーストの死後、一九二四年に彼はプルーストとフロイトについての講演をしていますが、そのなかで、プルーストの豊かさの条件になるのは、一種の弱さであり、諦めである、と言っています。そして、「意志を持たない、という以外に、明晰に見る方法はないのです」と断定していますが、これはきわめて明快にプルーストの本質を捉えています。プルーストが、意志や知性によらない記憶、「無意志的記憶」を通して過去の真実を捉えることを主張するのもそのためなのです。

彼はたしかに知的に極めてすぐれた作家ですし、あのような大作を書くためには、強い意志の力が必要ですが、しかし作品のなかでは知性や意志の限界を絶えず指摘していました。真実を捉えるのは感覚であり、神経である、というのが彼の作品を貫いている思想です。その意味でも彼の才能は、一九世紀から二〇世紀にかけてのブルジョワ社会を支える実利的な意志とは、まったく相反するところに求めなければならないでしょう。喘息はまさにそういうプルーストと、切っても切り離せない病気だったと言うべきでしょう。

おわりに

初めにご紹介しましたように、私がプルーストをこんなふうに見てきたのは、サルトルの理論を出発点にしています。そのサルトルは一九六六年に日本に来て、三つの講演を行いましたが、そのなかで作家の目標はその「独自的普遍」の表現を探るところにある、という趣旨のことを述べています。しかも彼の言う「独自的普遍」とは、「自分の時代によって全体化され、まさにそのことによって、普遍化されて」いる存在、つまりわれわれ人間を指しているのです。講演では、これを「世界内存在」とも呼び、さらにこう言っています。

「現在進行中の全体化の一部である私は、この全体化の産物であり、そのことによって、この全体化を完全に表現している」(「知識人の擁護」『シチュアシオン VIII』所収)

つまり一人ひとりの人間は、一つの時代に生きているということによって、その時代を表現していることになるのでしょう。

その講演から数日後に、サルトルを囲む座談会があり、私も参加しましたが、そのとき私は彼に一つの質問をしました。もしすべての人、すべての作家が「独自的普遍」であり、「全体化を表現」しているとするなら、その作家たちの作る作品に、どのようにして異なった評価を下すのか、作品評価の基準は何か、という質問です。するとサルトルからは、「それは普遍的なものと独自的なものとのあいだの緊張です。可能なかぎり強い緊張を保って、普遍的なものから独自的なものへ、独自的なものから普遍的なものへと送り返されるようになるかぎり、そこに緊張が生ずる、ということです」という答えが返ってきました。そこで私はさらに質問して、あなたが「普遍化」とか「全体化」とか言うときには、すでにマルクス主義を始めとする御自身の知（サヴォワール）によって作られた人間学による理解がそこにこめられている筈だが、そうだとすれば、普遍的なものと独自なものとの緊張を生きるためにも、作家は何らかの基礎を持った人間学を身につける必要があるのではないか、と訊ねたのです。するとサルトルからは、あなたの意見に完全に賛成である、作家は理論的知を発展させるべきだ、ただしその知を直接伝えるためではなく、そこから自分独自の表現を探るためである、という趣旨の答えが返ってきました。

つまり世界内存在としての自分、独自的普遍としての自分を表現するためには、自分を作っているこの世界、現在進行中のこの「全体化」に迫らなければなりません。平たく言えば、進行する歴史のなかの現代という世界を、できるかぎり正確に全体的に把握して、その時代を生きている自分を鋭く見つめ直すことが、緊張した文学表現を生むのでしょう。そこから生まれる作品がどんなものになるかは、その人間の独自性にかかっています。これがサルトルの言う「アンガージュマン」でしょう。彼がマラルメやジュネを評価するのも、そのような観点からに他なりません。彼の「アンガージュマン」は、「政治参加」などという意味に単純化されて考えられていますが、文学的に言えばそのようなことになります。それが先ほど引いたマラルメにかんする言葉、「もし文学が全体（tout）でないならば、それは一時間の労苦にも値しない、それを私は《アンガージュマン》という言葉で表現したい」という一節にあらわれています。

考えてみますと、プルーストの大作は、一見おそろしく細かな問題を顕微鏡で見るように描いているような印象を与えますが、実は独自な視点から、一つの時代を生きた彼自身の生を再創造したものです。母親のキス一つにしても、当時の意志や神経の理解とからんで、実利的なその時代の上昇するブルジョワジーの倫理観や家庭の雰囲気に対する一つの反応を示していますし、短い時間ではとても取り上げることができませんが、ユダヤ人の扱い方にしても、社交界のシーンにしても、同性愛者の描き方にしても、すべて彼独特の目で捉えられながら、同時にその時代に通じる普遍的な広がりを持っています。つまり、独自な作品が普遍的な世界に通じており、作品自体が「独自的普遍」の表現そのものなのです。言いかえれば、マラルメをアンガージュマン詩人という意味で、プルーストは二〇世紀最大のアンガージュマン作家なのです。だからハンナ・アーレントのような哲学者・

政治学者が一九世紀末の「反ユダヤ主義」を説明するのに、ふんだんにプルーストの作品を引用するということも可能になるのでしょう。今日の話で取り上げたのは、そのほんの一端の問題にすぎません。

最後につけ加えれば、ここでご説明したようなものは、私個人の文学研究の方法にすぎず、決して万人に受け入れられているわけではありません。日本はプルースト研究の大国で、仏文学会の会員でプルースト研究会に属している人は何十人もいます。フランスの研究者との交流も多く、フランス本国で論文を提出して博士号を取った人も少なくありません。なかにはパリ大学で教壇に立った人さえいます。ただ、そうした研究の多くは限られた主題を掘り下げる実証研究で、情報はたしかに増えますが、何人かの例外を除くと、ここにふれた全体化といった問題とはあまり関係がありません。例外の一人は、『神経症者のいる文学』や『プルーストと身体』を書いた吉田城ですが、彼は五年前に五四歳の若さで惜しまれながら亡くなりました。

おそらくその理由の一つは、彼らを指導したフランス本国の研究者の態度にもあるのでしょう。今日ここでふれた喘息について言えば、たとえばジャン＝イヴ・タディエという学者がいます。彼はプルースト研究を牽引する権威とされている人で、日本人研究者を何人も育てた指導者ですが、彼の書いた浩瀚なプルースト伝を見ると、プルーストが文学表現のなかで喘息の発作を描いたのは一度だけ、それも『楽しみと日々』にも収録されていない『つれない男』という短篇のなかだけである、などと書かれていて驚かされます。あれほど『失われた時』や『楽しみと日々』のなかで何度も直接間接に発作に言及し、喘息や神経症を通して一九世紀末から二〇世紀初めのフランス社会における文学の地位を訴えているのに、このプルースト研究の泰斗と言われる人にはどうしてそれが見えなくなってしまうのでしょうか。精神分析家のポンタリスは、「もしプルーストが（弟ではなく）妹を持っていたのであれば、彼は喘息にならなかっただろう！」（J.-B. Pontalis, *Frère du Précédant*）とまで書いていますが、タディエに喘息が見えないのは、かつてプルーストの姪のマント夫人が頑固に伯父の同性愛を否定していたのと同様に、一種の身内意識から来た精神分析アレルギーのためかもしれません（タディエのプルースト伝には、精神分析的方法を否定する言葉があちこちに書かれています）。たしかに精神分析には種々の問題がありますが、既に共通の「知」となったものも多く、それを頭から毛嫌いするのはつまらないことでしょう。結局、文学研究者の方法も、煎じつめればその研究者の生き方と哲学にかかわっているのです。それを結論に、この拙い話を終わらせていただきます。

フランス文学者の見た在日の問題

高麗博物館講演（二〇〇八年九月二七日）

鈴木道彦です。私は末期高齢者なので（笑）腰かけて話をさせていただきます。

初めにお断りしておかなければなりませんが、私は朝鮮問題、韓国問題の専門家でも何でもないのです。朝鮮語もまったく勉強したことがありません。そういう者に何か話をしてくれということでしたので、最初は、とてもその任ではないと言ってお断りしたんです。しかし、それでも是非ということでしたので、まあ素人の考えることも多少はご参考になるかもしれない、と思ってお引き受けしました。

そのきっかけになりましたのが、いまお話に出ましたように、去年出版された『越境の時』という小さな書物です。これは読まれていないかたも多いかと思いますが、二つの事件を中心として書いたもので、一つは一九五八年に起こった小松川事件、もう一つはその一〇年後の六八年に起こった金嬉老事件、キムヒロ事件です。この二つの事件について私は自分の考えを発表したり、またキムヒロ事件のときには裁判に関係したりしましたが、そういうことを書きつづった回想録がこの本です。この事件は二つとも、在日朝鮮人が犯した大きな犯罪が発端になっています。

それにしても、この本を見て、どうして素人がこういう本を書いたのだ、とか、なぜフランス文学専門の者が、在日朝鮮人の問題、略して「在日」と呼ばせていただきますが、このような在日の問題に関わったのかと、疑問を持たれたかたが多かったようです。

今日は初めに、どうしてこの本を書いたのかということと、フランス文学者が在日に関わる理由がある、ということをお話したい。そして最後に二つの事件について申し上げます。若いかたで事件をご存じないかたも沢山いらっしゃるかと思いますが、詳しく事件を説明していますと、それだけで時間が経ってしまいますので、事件の経過については必要最小限の紹介にとどめたいと思います。

まず、どうしてこの本を書いたのか、ということですが、初め私はまったく書く予定もなかった。ところが三つの理由で書くことになったわけです。その第一の理由は、そこに皆さんのお手許にコピーを差し上げてあると思いますが、メモの最初に書いてある通り、ある社会学者の勧めということ、これが第一の理由です。このコピーは、今日お話しすることの内容をほぼ順序に従ってメモしたもので、四ページ目は話のなかで引用する本や人名の簡単な説明、文献や、人物の場合は生没年などを記したものです。

その社会学者というのは上野千鶴子さんです。ご存じのように東大教授で、フェミニズムの立場から幅広い分野で盛んに活動しておられるかたですが、私は実は彼女とそれまで何の接点もなかった。ところがある日とつぜん人を介して是非お会いしたいというのです。私はこの歳になるまで、女性からそんなことを言われたことがないので（笑）、ちょっとびっくりしましたが、ともかくお会いしてみました。そうしましたら、彼女は東大でポストコロニアリズムをテーマにしたゼミをやっていて、そこで私の訳したフランツ・ファノンの本を取り上げたらしい。それから人に勧められて、私が小松川事件について書いた「日本のジュネ」という文章を読まれたそうです。さらに、私が金嬉老《キムヒロ》事件にも関わっているということを知って、プルースト研究家と思っていた人がどうしてそういう関心を持ち、そういう発言をしたのか、是非それを回想に書き残してくれないか、という要望でした。

むろんどんなに勧められても、書く意味がなければ私は書きませんが、あまり熱心に言われるので、自分がそういう発言をした六〇年代を振り返ってみたのです。すると意外な発見がありました。それが、この本を書いた第二の理由です。

その発見というのは、六〇年代にかんして、夥しい数の本が出ているということです。たとえば新宿の紀伊國屋などに行くと、一時は六〇年代コーナーがあって、そこに新しく出た本が次々とおかれている。そのことに私はまず驚きました。それで私はそのなかから一〇冊ばかり選んで買ってきて読んでみました。また、あと一〇数冊は、本屋で立ち読みしました。そして、それらの本に大体共通の性格がある、ということが分かったのです。

六〇年代と言いますと、「新左翼」と言われたいくつかの政治グループが活動していた時代です。それから学生運動が盛んで、「全共闘運動」などもありました。六〇年代にかんする本というのは、そうした運動に参加した活動家やリーダーが自分たちの行動を振り返って、素晴らしい画期的な時代があったと回想するものが多いのです。その意味では一種のノスタルジックな回想記が大部分です。だから、「一九六八年は二〇世紀唯一の世界革命の時代だ」などという文句がいくつかの本に踊っている。それが一つの特徴です。それからもう一つの特徴は、全体に民族の問題がほとんど書かれていない。ところが私の認識では、たしかに全共闘運動や新左翼は華々しく活動していましたが、それほど華々しくはなくても、民族の問題というのが六〇年代には提出されていて、それがいろいろな意味で重要でした。

そういう問題が日本で広まったのは、第二次大戦以後に旧植民地が次々と独立していったことがきっかけです。だから、第三世界の台頭ということが根本にある。それが日本にもいろいろな影響をもたらしました。例えば六一年の三月に、東京でアジア・アフリカ作家会議・東京大会というのが開かれて、世界各地から作家が集まって来ましたし、日本の作家も大勢そこに参加しました。年配の人は、例えば石川達三とか、阿部知二から始まって、当時の新進気鋭の若い作家、例えば大江健三郎とか、開高健なども加わって、たいへん大きな大会が開かれたのです。

その大会でのキーワードの一つが、「民族独立」ということで、これはもう自明の価値みたいに語られていました。「民族独立」といっても、植民地から独立したばかりの国、あるいはこれから独立しようという民族と、日本みたいに旧植民地帝国であった国の作家とは、まるで問題が違う筈です。日本の作家のなかにも、アメリカ帝国主義から独立して第三世界と連帯するんだというふうな、ナイーヴな意見もなくはなかったですが、大部分の人は非常に複雑な気持ちだったと思います。しかし「民族」という言葉がひとたび発せられますと、当然そこに朝鮮、台湾のことが浮かび上がってきます。しかもその当時、背景にはもう始まっていた日韓会談や北朝鮮帰国運動がありました。これは今から振り返ってもきわめて大きな問題を含んだことでしたが、そうした背景のために、そのころ論壇や出版界では朝鮮について書かれたものがかなり出ていて、ちょっとした朝鮮ブームがあったと私は思います。

私の本棚をごそごそと探しましたらば、当時の出版物として、参考文献の(1)から(7)までに挙げたものがすぐ見つかりました。これらの本は、私が内容に全面的に賛同してここに題名を挙げているわけではありませんが、例えば六番を見ますと「日本と朝鮮」というシリーズがあって、ここへ持ってきたのがその一冊、『日本の中の朝鮮』と題された第四巻です。全一二巻ですから、この時代としてはかなり大きな出版ですね。しかもこの第四巻を見ると、既刊の第一巻がたいへん好評で、四刷りになったと書かれています。それだけよく読まれていた証拠です。

◉参考文献

(1)「特集朝鮮」(『新日本文学』一九五九年六月号)
(2)藤島宇内『日本の民族運動』弘文堂、一九六〇年
(3)「若い朝鮮と日本」第一巻第一号、若い朝鮮と日本の会、一九六四年二月

(4) 藤島宇内監修『朝鮮人』日本読書新聞出版部、一九六五年（一九六三年九月～六四年一一月『日本読書新聞』に連載。共同執筆者に宮田節子、梶村秀樹、小沢有作など）
(5)『日本と朝鮮』（「アジア・アフリカ講座」Ⅲ）勁草書房、一九六五年
(6) 江口朴郎・旗田巍監修『シリーズ・日本と朝鮮』全一二巻、太平出版社、一九六五年～
(7) 朴慶植『朝鮮人強制連行の記録』未來社、一九六五年

それからたとえば四番をご覧になりますと、これは『日本読書新聞』という当時出ていた週刊書評紙がありまして、そこに六三年から六四年まで連載されていた「朝鮮人」という記事を集めたものです。そこにすでに、若手研究家だった宮田節子とか梶村秀樹など、こういう人が書いているんですね。そのような人たちが執筆できるくらいに、朝鮮の問題は六〇年代に一部で強い関心を惹いていたのです。そのような関心があれば、当然過去の植民地時代に対する反省も書かれます。あとで一つだけ紹介するつもりですが、私が六〇年代に小松川事件とキムヒロ事件に関わりを持ったのも、そういう朝鮮支配の過去への反省がすでにその前後に出ていて、そうした流れのなかで私自身も関心を持ち、事件への関

わりを持った。こんなふうに言って宜しいかと思います。

私は民族とかナショナリズムとかに、本能的に抵抗感を持つ人間ですが、しかし民族という問題を一つ間に入れないと、例えば他の民族に対して日本が行ってきたことが分からなくなってしまう。だから民族というのは、否定的な意味でやっぱり必要な概念ではないか、というふうに考えていたのです。ところが山のように出版されている六〇年代の回想記には、こういう問題がほとんどふれられていない。そのことが、六〇年代の記憶として不充分だと思いまして、その部分を埋めるつもりで二つの事件にかんする回想を書くことにしたのです。それが二つ目の理由です。

そういうふうに考えてきますと、それが現代の日本と少なくともある一面で繋がっていることも分かってきます。これは現代的な問題なんだ、というのが、したがって、この本を書く第三の理由になったのです。そのことが最も典型的に現れるのが北朝鮮の問題、テレビやマスコミに吹き荒れている北朝鮮バッシングです。私自身も乏しい情報の中で北朝鮮のことを考えますと、少なからぬ問題を抱えた国である、非常に不自由な国である、という印象を持ちますし、むろん彼らの行った拉致に対しては、本当に怒りを覚えます。甚だ卑怯で陰湿で残酷で、しかも政治的には愚かな犯罪である、と考えています。だがその一方で、ただそのことだけに目を奪われて、ひたすら北朝鮮は悪であり、日本は罪がない犠牲者である、と考えるのは、かなり身勝手な言い分ではないかと思うのです。

というのも、かつての日本がしたことは、それを桁違いに上まわる犯罪行為だったからです。ところが日本はそうしたことについてろくに調査もしていないし、解決もしていない。本来ならそれを償い、贖うのが、戦後の日本のやるべきことだった筈ですが、日本はそういう責任を果たしてこなかった。私や仲間たちは、すでに六〇年代にそのことを指摘していましたし、当時書いた文章や本のなかで、たびたびそういう発言をしています。そして今になると、そのような過去への反省をまったく欠いていたために、現在の北朝鮮に対する非常に偏った批判が生まれてきているのではないかと思われる。つまり六〇年代当時のことを今一度回想するのは、現代の日本にとっても意味のあることではないか。そんなふうに考えて、この本を書くことにしたわけです。

それにしましても、どうしてフランス文学者が在日に関わるんだと、やはり不思議に思われるかもしれません。しかしもともと在日の問題というのは、フランス文学者であろうとドイツ文学者であろうと、日本人みなに関係しているのです。私の場合はとくに五〇年代にフランスに行きまして、そこでサルトルという存在に出会いました。実際にサルトル本人に会うのは、彼が日本に来た六六年が最初で、それからは何遍も会うことになるのですが、サルトルの存在に出会った、と言いますか、彼の書くものを通して彼の立場の意味が分かったのが、五〇年代なんです。

私は五四年に初めてフランスに行きました。そして、これは『越境の時』に書きましたけれども、パリに着いてひと月ほどしたときに、アルジェリアで武装蜂起が始まったのです。そのときのことはよく憶えていますが、「なんでアルジェリアに?」と、私はさっぱり理解できなかった。それほど植民地の問題に疎かったのです。フランス側の反応は、そこに書きましたように、直ちにアルジェリア総督府のコミュニケが出まして、「少数のテロリストによる襲撃」である、と言明しました。つまり「テロと闘う」というブッシュみたいなことを当時のフランスも言っていたのです。

その次に挙げてあるのが、ミッテランの言葉です。ミッテランといえば、後の社会党から出た大統領ですが、当時は内務大臣でした。その人が、「アルジェリアはフランスのものである」と言った。今だったら信じられないでしょうが、後に社会党から推されて大統領になるミッテランがそう言ったのです。アルジェリア戦争はご承知のように、民族解放戦線FLNが住民の支持を得て、フランスの弾圧をはね返して結局は独立を達成するのですが、この「アルジェリアはフランスのものである」という言葉は、独立が近づいた頃になると、ナショナリストたち、右翼の人たち、つまりごりごりの植民地主義者たちだけが口にするものになっていました。ところが五四年には、それがまだフランス全体のほとんど常識だったのです。ミッテランでさえそう言っていたのですから。

その時点では、私はまだ事の本質がさっぱり分からなかったのですが、アルジェリアのことが気になって少し勉強したので、さまざまなことが見えてきました。つまりフランスは一八三〇年に、ほんの些細なことを口実にして軍隊を投入して、アルジェリアを領有したのですが、まず何をしたかというと、「近代化」と称して土地所有の形態を改めていったのです。これは一種のフランス版「土地調査事業」です。つまり所有の形態を改めることによって、土地をどんどん収奪していく。肥沃な土地を次々と入植者のもの、植民者のものに変えてしまうのです。そこに植えるものも、フランス本国の必要とする農作物に替えてしまう。例えば柑橘類などというのは、それまで現地の人はあまり口にしていないのですが、それをどんどん作っていく。要するに、アルジェリアをフランスの農業基地に作り替えていくのです。締め出された従来の農民はどうなるか。農業プロレタリアートになって使われるか、または痩せた土地に追いやられていく。そこもうまくいかなくて、都市の方に流れて行く。都市でも食えないので、さらにフランスにまで流れて行く。そんなふうにして、少しずつアルジェリア人がフランスにも住みつくようになって、私が行ったときには数十万人のアルジェリア人労働者がフランスにいました。そして日本で言う3K労働をしながら、僅かな額を故郷に仕送りしている。しかもフランスの旗印は「文明化」ということです。その「文明化」のためにはフランス語が必要である、というので、現地ではアラブ語の学習を禁止してしまう。そうしますと、アラブ語をしゃべることはしゃべっても、それを学ぶことができないので、アラブ語を学ぶ学生はフランスに行って教わる、という奇妙な現象も起こります。これを見ていますと、日本の朝鮮支配は、フランスが念入りに百何十年もかけてやったことを真似したんじゃないか、という気がします。そっくり同じようなことを、ただしフランスはもっと大規模にやっているのです。

それに対して当然一九世紀からアルジェリア人の抵抗がありました。武装蜂起も何回もありまして、そのたびに潰されました。そういう長年の抵抗の果てに、一九五四年がやって来ます。ちょうどその年に、ベトナムがフランス軍を破って、その支配を脱したのですが、そのような例が目の前にあって、それにも刺激されてアルジェリアでも武装蜂起に行きついたのでしょう。

当事者でない外国人が、少し冷静に客観的に見ていますと、そういう流れはすごくよく分かります。ところがフランスのマスメディアは、日本のメディアの北朝鮮バッシングと同じように、ひたすら「暴徒」批判、「テロ」批判だけが表に出ていたのです。そのような状況のなかで、本当に僅かなメディアだけがそれに抵抗していました。例えば、今では大分性質が変わってしまいましたけれども、当時は『フランス・オプセルヴァトゥール』、現在は『ヌーヴェル・オプセルヴァトゥール』と呼ばれている週刊誌などです。そういう僅かなメディアと、そこで発言する僅かな知識人だけが世論に抵抗する、という状態だったんです。そのなかにサルトルと、彼の主宰する『レ・タン・モデルヌ』という月刊誌が含まれていました。そのときのサルトルの発言は、反対者や抵抗する知識人のなかで特別な重みを持っていました。私は三年余りフランスにおりましたけれども、そんなきっかけで、日本に帰ってから是非サルトルを本格的に勉強しようと考えたのです。もしサルトルを勉強しなかったら、私が在日の問題に出会うこともなかったと思います。

最近は、そのサルトルの本も読めなくなっています。つまり絶版になったまま再版されないので、読める本は本当に限られているのです。おそらく彼が日本で一番読まれた時期は、六〇年代の半ばでしょう。一九六六年に彼は一度だけ日本に来ましたが、そのときは一種のサルトル・ブームがありました。ビートルズほどではないにしても、空港や講演会場にわっと人が押しかけて行ったくらいです。その時が頂点です。それに反して戦後にサルトルが初めて日本に紹介されたときは、まったく誤解されていました。たとえばサルトルの短篇で『水入らず』というかなり露骨な性の記述を含む小説も訳されたのですが、当時評判になっていた田村泰次郎の『肉体の門』と同じ肉体文学だ、といった評価さえあったのです。私自身はそれほどの誤解をしたわけではありません。しかし正直なところ、当時サルトルのものをいろいろ読みましたけれど、とても充分に理解できなかった。五〇年代のフランスで、サルトルの立場が分かって、目から鱗が落ちるような気がしたのです。

日本に戻って、本格的に彼のものを読み始めたときは、サルトルを勉強するのによい時期だったと思います。というのは、竹内芳郎という、私より五歳年上の哲学者がいまして、この人が参考文献(8)に挙げた『サルトル哲学序説』を書いているのですが、これがおそらく日本で初めてサルトルの哲学を本当に理解した本だったと思うからです。それまでもサルトル哲学について書かれた本は何冊もありましたが、本当にこれくらいよく理解できる本というのは初めてでした。要するに六〇年代は日本でのサルトル理解が進んだ時期であり、その一方で民族や朝鮮の問題が浮上してきた時期でもある。その二つのものが合わさって、私に在日の問題へと目を向けさせたのです。

◉参考文献

(8)竹内芳郎『サルトル哲学序説』河出書房、一九五七年
(9)サルトル、ジャン＝ポール『植民地の問題』人文書院、二〇〇〇年

私がサルトルから受けたものはいろいろありますけれど、とりあえずここでは植民地主義にかんする論考と、人間理解の仕方、という二点だけに絞ってお話しします。

そこに「植民地主義は一つの体制である」という文章を挙げておきました。これは参考文献(9)の『植民地の問題』に収められていますから、今でも読める論文ですが、サルトルの雑誌『レ・タン・モデルヌ』の一九五六年三－四月合併号に書かれました。アルジェリア戦争が始まって一年ちょっとですから、テロ批判、FLN批判の大合唱のなかで執筆されている。それなりに勇気の要る時期だったと思うのですが、そのなかからここに二つの文章を引いておきました。一つは、

「良い植民者がおり、その他に性悪な植民者がいる、というようなことは真実ではない。植民者がいる。それだけのことだ」

これは論文の冒頭の方に書かれています。それからもう一つは結論部分の一節ですが、

「われわれとしてなしうる、またなさねばならぬ唯一の企て——だが、これがこんにち大切なことだ——それはアルジェリア人民の側に立って、植民地の暴政からアルジェリア人とフランス人を同時に解放すべく戦うことである」

この最後の部分がすごく重要です。

前の引用はもうお分かりになると思いますが、入植者つまりヨーロッパ人で植民地に送りこまれた者のなかで、個々人が善意を持っていたり、優しい気持ちを持っていたりして、原住民とある種の人間的な関係を築くことがあっても、決して問題が解決したことにはならない。その人がどんなに優しくても、あるいは善意を持っていても、植民地の仕組みのなかでは入植者にすぎないし、入植者としての役割を果たしているわけです。植民地とい

うのは入植者があり、本国との関係があって成り立つのですから、入植者である以上はどんなに心優しくとも、植民地体制の一端をになうことになります。

こういうことを、サルトル以外にも言った人がいます。たとえば引用しておきましたアルベール・メンミ。この人はチュニジア生まれの知識人で、父親はユダヤ人、母親は北アフリカの先住民であるベルベール族の人です。そういう複雑な生まれですから、ユダヤの問題とか、植民地の問題、人種の問題などに非常に敏感で、そのような関係の本を幾冊も書いております。この人の引用、とくにアンダーラインを引いた「彼（善意のコロン）は個人としては何の罪もないけれども、抑圧するグループの一員である限り、集団的責任にあずかっている」（『植民地開拓者の肖像』）というところをお読み下されば、その意味は明白だと思います。メンミの本は、サルトルが序文をつけて出版されているので、彼はサルトルに敬意を持っている人だと思われます。

もう一つの引用は、日本の小林勝のものです。彼は植民地時代の朝鮮で生まれて育ち、敗戦になって日本に移ってきて、その後は『人民文学』や『新日本文学』に詩や小説を発表したのですが、ここに引いたように、

「私は一五年間、日本人として朝鮮にいた。（……）私が子供で、無害だったとしても、一人だけ、日本帝国主義と植民地の歴史から除外されるわけにはいかない」

彼はこういう反省をずっと持ち続けていました。先ほど私は、六〇年代までにすでに植民地主義への反省も書かれていたと申しましたが、これはその一例です。というのも、この文章は、『新日本文学』の一九五九年六月号『特集朝鮮』に発表されたものだからで、六〇年代以前にすでにこういう発想が現れていたのです。

たとえ入植者にどれほど善意があっても、また無害な子供であっても、現地の人びとと入植者のあいだには厳然たる境界があって、それを越えることはできない。そう考えると、入植者自身も、どんなに心優しくても、植民地体制によって束縛されていることになります。したがって、それから解放されるためには、植民地という体制を壊す以外にないことになる。言い替えれば、「植民地主義は一つの体制である」という認識は、現地の人びとだけでなく、入植者の解放もうながす思想になります。入植者は、どんなに善意を持っていても、所詮は入植者、コロンにすぎないのですから、その解放のためにも体制を解体させることが必要になります。しかも、その体制を崩そうとしているのは民族解放戦線

ＦＬＮだから、彼らの側に立って戦うというサルトルの結論に行き着くわけです。

現実にそのような行動をした人がいました。フランシス・ジャンソンという人物です。彼はサルトルの心酔者で、フランスで最初にサルトルの哲学をよく理解した本を書いた人です。サルトルのごく近くにいて、同じ雑誌『レ・タン・モデルヌ』に健筆を揮っていたのですが、ある時期から非常に活動的なところに入りこんでいきまして、アルジェリア戦争が起こるとＦＬＮ援助機関というのを作って、現実にＦＬＮの支援を始めたのです。

どうしてフランス国内にいてそんなことが可能なのかと思われるかもしれませんが、フランスにはさっき申し上げたように、大勢のアルジェリア人労働者がいるのです。それから「アルジェリアはフランスのもの」ですから、フランスの大学には比較的余裕のあるアルジェリア人が勉強に来ていて、学生街にもアルジェリア人が沢山いる。そういう人たちに紛れて、ＦＬＮの指導者たちがフランスに潜行して来るのは容易なのです。ジャンソンはその人たちにアジトを提供するとか、あるいは車で彼らを運ぶとか、そういう具体的な行動に入りこんでいきます。

その一方で彼がやったのは、フランス軍からの脱走兵援助です。

フランスは現地での弾圧のために兵役を延長し、若者を再召集して、軍隊をどんどんアルジェリアに送りこみましたが、当然行きたくない者がいる。その人たちは出征を拒否して軍隊から脱走してしまうのです。ジャンソンは、そうした人たちの脱走を助ける組織を作ったのです。

アルジェリア戦争後になって、脱走兵の数はあまり多くなかったと言う人もいますが、国防省の発表では政治的理由による脱走兵が二〇〇人いたというのですから、たいへんな数であることが分かります。このほかにも、政治的でない脱走兵、ただ行くのが怖いから身を隠すという人もいたでしょう。その一方で、脱走したいけれども臆病でできない、という人もいたと思います。

戦後の日本には、そういう形での国家と個人との緊迫した関係が少なかったから、脱走兵と言われてもピンとこないかもしれませんが、第二次大戦中の日本にも実は命がけの脱走兵や兵役拒否者がいたのです。それについてはご質問でもあればお話しします。

こうしたＦＬＮ援助と脱走援助の運動に対しては、フランスの政府や警察も警戒して、地下組織の人たち何人かを逮捕しました。ところがこの辺がフランスらしいところだと思うんですが、逆にこのジャンソンたちの運動を支持する動きも広がったのです。一九六〇年には、「アルジェリア戦争における不服従の権利に関する宣言」というものが発表されました。これはサルトルが書いたものではありませんが、サルトルの思想がそのまま盛り込まれていて、彼自身も署名しています。最初に宣言に賛同した人が一二一人いたので、「一二一人宣言」と呼ばれていますが、その最後のところに、資料に挙げたような三つの結論が出ています。

「アルジェリア戦争における不服従の権利に関する宣言」（一二一人宣言）

1　われわれはアルジェリア人に対して武器をとることとの拒否を尊敬し、正当と見なす。

2　われわれは、フランス人民の名において抑圧されているアルジェリア人に援助と庇護を与えることを自分の義務と考えるフランス人の行為を尊敬し、正当と考える。

3　植民地体制の崩壊に決定的な貢献をしているアルジェリア人の大義は、すべての自由人の大義である。

これはちょっと分かりにくいかもしれませんが、読み替えてみると、非常にラディカルな姿勢が明らかになります。たとえば、「われわれはアルジェリア人に対して武器をとることの拒否を尊敬し、正当と見なす」というのは、戦争に行くのを拒んで脱走する人の行為は正当だ、ということですね。

仮にこれを日中戦争のときに置き換えてみる。あるいは日本の植民地だった朝鮮や台湾に暴動が起こって、それを鎮圧するときのことに置き直してみる。そうすると、われわれは中国人に対して武器をとることの拒否を尊敬し、正当と見なす、ということになります。次も同じです。われわれは日本人民の名で抑圧されている中国人、朝鮮人に、援助と庇護を与えることを自分の義務と考える日本人の行為を尊敬し、正当と考える。そして、そのように日本帝国に抵抗する中国人、朝鮮人の行為は、すべての自由人の事業である、つまり中国人、朝鮮人も助けるけれども、日本の自由人をも助けるものである、ということになる。ＦＬＮの闘争はフランスの解放にも繋がる、という発想が流れているのですね。こういう宣言に対して、直ちに一二一人の、主として文学者、映画人、芸術家、ジャーナリストなどが賛同しましたし、宣言が発表されると続々と賛同者が増えました。そういう状況が、アルジェリア戦争が遂行されているさなかで起こったのです。

私は当時すでに日本に帰っていましたが、アルジェリア情勢に通じた人が少なかったので、頼まれてよく新聞雑誌に寄稿することがありました。しかし、この宣言についてふれるときは、非常に怖かったです。なぜ怖かったのか。この宣言に署名した放送ジャーナリストのなかには、そのために局から解雇された人もいて、彼らは身の危険を覚悟して参加しているのですが、べつに日本でこれについて書いても訴追されるわけではありません。ただ当時、私は三〇歳そこそこで、物書きのほんの端くれの端くれでしたが、たとえ誰も私の文章を読まなくても、またはほんの数人が読むだけでも、書いたという事実は残ります。もし宣言について肯定的に書いたならば、物書きである以上は、同種のことが日本で起こった場合にも、そのことの責任を取って同じような態度を選ぶ筈ですね。その点が政治家とは違うのです（笑）。物を書く以上は、そういう覚悟でしか書けません。ですから非常に怖かった。しかし、やはり書こうと思ってこれを肯定的に紹介しました。そういうことが、サルトル理解にも繋がっていくわけです。

ただしサルトルの植民地主義にかんする、いわば政治的な側面だけでは、私はおそらく在日朝鮮人の存在に出会わなかったと思います。同時に、資料にもう一つ挙げておいたサルトルの人間理解、「人間学」と言ってもいいのですが、私はこれに強い関心を持っていました。そこで次にこのことについてお話したい。それがないと、おそらくこういう出会いはなかったのではないかと思います。

サルトルという人は非常に幅の広い人で、哲学者でもあり、小説家でもあり、戯曲も書く。いろいろな活動をしていて、それが一見ばらばらですが、内部でちゃんと繋がりを持っている、そういう作家です。その彼の仕事のなかで、私が一番重要だと思うのは、詩人、小説家、作家にかんする哲学的評伝です。そこには哲学も文学も歴史もみんな入りこんでくるような、伝記とも文芸評論ともつかないような一連の作品があるのです。

私がサルトルの勉強を始めましたときに、難解だけれども何とか読み解いていったのは、一九五二年に書かれた『聖ジュネ』という伝記です。このジャン・ジュネという人は、サルトルより少し若い同時代人ですが、非常に不思議な生まれの人で、パリの娼婦の子供だったらしい。父親はしたがって分かりません。母親は、ジュネを養護施設に放りこんで、いわば捨ててしまいます。その養護施設から、ジュネはフランスの中央部にあるモルヴァン地方の村にやられます。この地方には、あちこちから孤児が集められるらしく、フランス全体の孤児の三人に一人がここに来ると言われていますが、そのような地方でも、養護施設から来たというと、それじゃ娼婦の子だろうと思われて、特別な目で見られたようです。

おまけに、ジュネはそこで、まだ小さいときに、些細な盗みをします。するとたちまち、「泥棒！」という言葉が降ってきて、やっぱり娼婦の子だから盗むのだ、ということになり、絶えず白眼視されます。そのうちに彼は徐々にひねくれて、ますます罪をおかすようになり、挙げ句の果てに感化院に入れられます。しかしそこから脱走して、一三歳くらいから、ずっとヨーロッパをあちこち盗みをしながら放浪するという生活をします。そして三〇歳すぎまでに一三回捕まって、延べ四年余りを刑務所で過ごしているのですが、そのあいだに不思議なことに、彼は本を読んで作品を書き始めたのです。そしていつの間にかその作品が評価されて、二〇世紀の大作家と見なされるようになった。こういう非常に不思議な作家です。フランスでは泥棒で作家になった人が他にもいましで（笑）、中世の詩人ヴィヨンがそうです。その生涯はよく分からないところがありますが、今でも大詩人としてアンソロジーに収められています。

サルトルは、ジュネがこうした生活を送りながら、どうして作家になったのかということを、六〇〇ページ近い分厚い本に書いたのです。たいへん難しい本ですが、私には実に面白かった。なお、サルトルにはこの他にも、後になって一九世紀の詩人マラルメとか、同じく一九世紀の小説家フローベールなどについての伝記的な本がありますが、彼の取り上げるのはみな作家ですから、いずれも共通の問いに貫かれています。どうしてこの人物は想像世界を選んだのか、という問いです。そうした伝記の代表的なものが『聖ジュネ』

ですが、同時にその少し後で、サルトルは『方法の問題』という文章を書いて、そのなかで彼の人間理解の方法を示したのです。

この『方法の問題』というのは、実存主義とマルクス主義の関係について書かれた難しい理論的な本ですが、その難しい部分は脇において、今お話してきたようなことに即して、うんと砕いて申しますと、要するに人間は一人ひとり独自な存在、他人が取って代わることのできない存在です。また作家は、それぞれが独自な作品を書くわけです。では、その独自性はどのように形成されるのか。そのことを考えていくと、たとえば一人の人が、歴史のある時代に、ある社会のなかで、ある階層の、ある家庭に生まれて、一定の少年時代を送った。そういう条件がいろいろあって、その条件のなかから一人の独自な人間が形成されていきます。その条件を、サルトルによればさまざまな方法を使って、たとえばマルクス主義的な方法を使ったり、あるいは少年時代にこういう父と母がいて、こういうことがトラウマになった、というようなことがあれば、精神分析を使ったり、あるいはまた社会学の方法を使ったりして、そのような知の手段を動員して、それでもって、一つの独自な存在が出来上がっていく背景にあるものを、いわば知的に理解していくことができる。普遍的な言葉で、その条件の知的理解に近づくことができる、というのです。

その一方で、どんなに普遍的な言葉で理解しても、一人の作家が独自な作品を書くことに変わりはありません。ただ作品は、その作家を作り出した条件を、なんらかの形で映し出している筈なのです。たとえば、サルトルが後に長い評伝を書いたフローベールの有名な言葉で、「ボヴァリー夫人は私だ」というのがあります。ボヴァリー夫人というのはフローベールの小説の主人公で、女の人ですから、男のフローベールが「ボヴァリー夫人は私だ」というのは変な話です。しかし、『ボヴァリー夫人』という小説には、フローベールという独自な作家を作った条件が、いろいろな形で表現されているので、ボヴァリー夫人はその意味で、フローベールでもある筈なのです。

つまり独自な作家であっても、普遍的に理解できる、知的に理解できる条件が表現されている。しかし、依然としてその作家が独自であることに変わりない。サルトルの人間理解をうんと砕いてご説明すると、こういうことになるでしょう。

『方法の問題』には、そこに引用しておいたこんな言葉も書かれています。

「生きたマルクス主義は発見学なのだ」

「ヴァレリーが一個のプチ・ブル・インテリであるということ、このことに疑いはない。しかし全てのプチ・ブル・インテリがヴァレリーであるわけではない」

当時の硬直したマルクス主義者は、一人の作家を「あれはプチ・ブル・インテリだ」と言えば、その作家を切って捨てたつもりになっていました。なるほど、一九四五年に死んだ有名な詩人で哲学者のポール・ヴァレリーがプチ・ブル・インテリであることは、間違いありません。しかしそう言ったところで、ヴァレリーを切って捨てることにはならないのです。すべてのプチ・ブル・インテリが、ヴァレリーになるわけではないのですから、彼がヴァレリーという独自な作家になるためには、さまざまな条件があった筈です。そしてそうした条件も、さまざまな方法を駆使して、ある程度までは理解可能な筈だ、とサルトルは考えたわけですね。

私は、今ごく大ざっぱにご説明したこういうサルトルの方法に、当時非常に関心を持っていました。関心を持っていたから、小松川事件に出会うことになったのです。その事情は、『越境の時』のなかに、当時書いた文章をそのまま転載してありますので、数ページにわたる長い引用ですが、それでお分かりになると思います。

そこで次に小松川事件の話をさせていただきます。若いかたもいらっしゃるので、少しだけこの事件の大枠を申し上げますと、これは一九五八年八月に起こりました。東京の小松川高校の屋上で、定時制二年の女子生徒が遺体となって発見されたのです。それが発端です。発見された理由は、犯人が初め読売新聞社に、「小松川高校を探せ」という電話をかけ、次に警察に「小松川高校の屋上を探せ、屋上に死体がある」という趣旨の電話をかけたためです。警察が探したら、じじつ死体があった。だから犯人が自分から警察に知らせようとしたので、それがこの事件の非常に特異な点です。それから犯人は連日のように新聞社に電話をかけてくるようになり、巧妙に通話を引き延ばす記者と、長々と話をします。そうした電話でだんだんに、非常に文学好きな男だということが判明していく。そんなことから足がついて、ついに捕まります。捕まってみたらば、一八歳の在日朝鮮人だった。日本名が金子鎮宇《しずお》、本名は李珍宇《イジヌ》。逮捕後に、彼はもう一つの殺人を犯していたことを自供します。その少し前に、近所の畑のなかで女の人が押し倒されて絞殺されたという事件があり、それも自分の犯行だということを自供するのです。そして裁判になり、地裁と高裁で死刑判決が出て、最高裁での上告棄却のあと、異例の速さで刑が執行されます。こうして一九六二年八月に、彼は二二歳で処刑されて死んでしまうのです。

ただし私が小松川事件に出会ったというのは、事件が起こった一九五八年のことではありません。それから四年半たちまして、李珍宇も処刑された後に、一九六三年五月に『罪と死と愛と』という本が出たのです。三一新書ですが、これは李珍宇と、彼に面会に行った少し年上の在日朝鮮人女性、朴壽南《パクスナム》さんとのあいだに交わされた往復書簡です。朴さんは、捕まった少年に絶えず面会に行き、欠かさず手紙を書いていましたが、それがこのような形で出版されたのです。実はこの出版の前に、たしか『婦人公論』に手紙の抜粋が出ていたと思いますが、私はそれを見ておりません。ともかく、たまたま手に取ったこの『罪と死と愛と』を読みましてから、この往復書簡が圧倒的な力で私を捉えて放さないのです。きわめて異常な形で、たいへんな犯罪を犯した少年の言葉なのに、どうしてこんなに自分は共感を持つのだろう、と不思議に思うくらいに、私はその書簡に引き込まれ、感動を覚えたのです。

『越境の時』では、「目のくらむような個性」だと書いておきましたが、刑務所のなかで読む本の量も並大抵のものではありません。しかも理解力がすごく、読んだものを鋭利な知性で消化して、それを言葉にしながら、自分の犯した罪と残された生を考えていく。当時私は三三歳か三四歳になっていましたが、その私が何度も読み直した末に、なるほどこういうことなのか、とようやく理解できるような、奥の深い言葉もあります。一八歳で犯罪を犯して、二二歳で処刑された人物、この少年から青年になったばかりの李珍宇の言葉のすごさに、私は舌を巻いたのです。

フランス文学でそういう人を探してすぐ思い浮かぶのはランボーです。一九世紀後半の詩人で、彼が詩を書いたのは一五歳から二〇歳までのあいだ。そこで筆を折って、あとはアラビアからアフリカの方を回って貿易の仕事か何かに従事して、三七歳で死んでしまう。ところが彼の二〇歳までに書いた詩が、その後の世界の詩を動かしました。今では彼のものを読まずに詩人になる人はほとんどいないでしょう。日本にもたいへんな影響を与えました。小林秀雄は、ランボーがいなければ小林秀雄にならなかったでしょうし、中原中也だってそうです。今なお日本には、一〇〇年以上前に死んだ一五歳か二〇歳のこの詩人の作品を研究する者が何人もいるのです。

李珍宇という少年は、とにかく若い人だったけれども、どうしてこんなに素晴らしい知性を持っているのだろう？　これがまず私の心を打ったのです。そして同時に、なぜこんな罪を犯したのだろう、これほどの人が？　ということが初め私には解せなかったのです。

当然その犯罪は、在日朝鮮人の世界で、たいへんな衝撃で受けとめられたと思いますが、日本人の世界でも、この少年の書いたものに打たれた人は多いのです。だから何人もの日本人が、この事件について書いています。たとえば秋山駿とか、荒瀬豊、大江健三郎などです。私はそうしたものも読みましたが、そのうえで、どうも急所になるものが一つ欠けている、つまり先ほどのサルトルの人間理解で言えば、李珍宇の独自性を作る条件になるもののうち、最も基本的なものが抜け落ちているように思いました。それに言及した人もいたかもしれませんが、充分に強調されていない、という印象を持ったのです。それは何かというと、この李珍宇が、日本語しか話せない在日朝鮮人である、ということです。日本語しか話せない、朝鮮語が話せないのです。それと同時に、自分を想像つまりイマジネーションの存在のように見なす、という顕著な傾向があり、この二つのことの関係が決定的だったのではないか。彼が想像の世界に、そして後には犯罪に傾いたのは、日本語しか話せない在日という条件が根底にあったからではないか。こういうふうに私は仮説を立てたのです。これは仮説にすぎません。しかし、この本を何度も読んでいくうちに、私にはどうしてもそうとしか思えなくなりました。

どうして日本語しかしゃべれないということが問題なのか。日本語は李珍宇にとって母語なのです。私は、母国語と母語をハッキリ分けなければいけないと思います。母国語というと、そこに「国」が入りこんでしまいますから。しかしこの少年にとって、日本語は生まれたときから身に染みついた言葉なのです。われわれは言葉をコミュニケーションの手段として身につけていきますが、言葉は単純なコミュニケーションの道具であるだけではなくて、そこにいろいろな価値やニュアンスが盛り込まれています。言葉には、明示的な意味（デノテーション）と暗示的な意味（コノテーション）がありますね。たとえば「家」という言葉は、明示的には一軒の家を指し示すわけですが、暗示的には自分の家族であったり、両親がそこにいる温かみのあるものであったり、あるいは束縛のある冷たいものであったりする。たとえば「櫻」という言葉も、明示的に一本の木を指す場合もありますが、また「敷島の大和心」を暗示することもあるわけです。そういうものが全部日本語のなかにこもっているわけですから、日本語を母語として、日本語でものを考えるということは、日本語の価値観や感じ方を自分のなかに取りこんでいくことになる。それは日本人にとっては自然に思えるかもしれませんが、在日朝鮮人の場合はどうか、と私は考えたのです。具体的にいろいろな権利を奪われたり、義務を負わされたりするだけではなく、言葉を通して非常に複雑な意識を否応なしに身につけざるを得ないのではないか。

それは「朝鮮」という言葉を考えればすぐ分かります。この言葉のコノテーション（暗示的意味）は、もちろん時代によっても変わります。李珍宇の犯罪が起こったときと現在でも、もう違うでしょう。しかし私がこうしたことを考えたのは、一九六三年にこの本に出会ったときです。そのとき私は、李珍宇が日本語でものを考えながら、現実の自分自身にマイナスのイメージを与えざるを得なかったのではないか、と思い始めました。そういう印象を、私はこの本に収められた書簡から受けたのです。

しかも彼は無類に本好きの少年で、お金がないので、あちこちの図書館から本を盗んできてはそれを読んでいます。そのために捕まったこともありますが、とにかく絶えず貪るように本に浸かっている。読むのは世界中の文学です。そうしますと、容易に受け入れることのできない自分の現実の世界よりも、むしろ本の世界、想像（イマジネーション）の世界の方が、ますます彼のなかでは強くなっていくのではないか、ちょうどサルトルの分析したジャン・ジュネのように。こんなふうに私は考えてみたのです。

そのような想像の世界のなかに、李珍宇の書き残した小説が一つあります。短篇ですけれども、新聞の懸賞小説に応募して、それでお金を儲けようとしたのですが、結局落選してしまいます。しかもその小説のタイトルは「悪い奴」というのです。

なかに出てくる人物はみな日本人で、主人公は鈴木という名前です。その鈴木は中学生のときに、ちょっとした盗みをしたところを、クラスメートの山田に見つかってしまいます。山田は意地の悪い男で、そのことをクラスに触れ回るので、鈴木は非常に具合の悪い立場に立たされます。やっと別の高校に通うようになってホッとしても、山田はその高校の生徒にも同じことを言いふらして、鈴木っていうのは悪い奴だということになる。恋人ができても、恋人にもしゃべる。就職先でも言われてクビになる。それでとうとう最後に、主人公が山田のことを待ち伏せて、もう止めてくれ、と言うと、相手は、なに、これからもやってやるよ、と嘯くのですね。そこで鈴木は矢庭に山田に飛びかかって、その首を絞めて殺してしまう。そして、相手を殺しても自分はちっとも悪いことをしたと思わなかった、むしろ表彰に値するよいことをしたと思った、というのが結論になります。

李珍宇は本を読むだけではなく、こういう短篇を書くことによって自分の想像世界を作り上げたのです。そして想像というのは、決して無からとつぜん何かを引っ張り出す手品のようなものではなくて、自分が体験したり見聞したりしたことを、形を変え、組み合わせを変えて表現することですから、サルトルの言うように、独自な想像の世界は、その人間の独自性を作るさまざまな条件をそこに映し出している筈です。もちろん、この「悪い奴」という小説も例外ではありません。そこには、それまでに李珍宇の身に起こったことが反映されているでしょう。試みに、先ほど「一二一人宣言」についてやったように、山田という人物を「日本人」と読み替え、鈴木を「朝鮮人」と読み替えてみれば、李珍宇の発想源は明らかでしょう。

こんなふうに、彼は想像の世界のなかで「悪い奴」を作り出しました。ここで重要なのは、想像が悪と結びついていることです。そればかりか、彼の想像はさらに彼の犯罪とも結びつくのです。そのことを彼は書簡集のなかで、どんなふうに犯行を想像し、どんなふうに実行したか、ということを、必死に思い出して説明しようとしています。しかも、犯罪を行ったあとで何度も、自分はまるで夢のなかで行動したみたいだ、夢みたいだ、と書いているのです。それほどまでに、彼は想像に侵食されていたのです。

『罪と死と愛と』は小説とは違いますが、私はこの書簡集を読んでも、そこに李珍宇という少年を作り出したさまざまな条件が現れている、と思いました。何よりもそこに強く出ているのが、在日朝鮮人としての、それも日本語しかしゃべれない在日朝鮮人としての彼です。しかもそれを李珍宇は、想像の世界にのめりこんでいくという、きわめて独自な形で、彼でなければできない形で表現しています。だから先ほどの『方法の問題』の、「ヴァレリーが一個のプチ・ブル・インテリであるのは疑いがない」という言葉をあてはめれば、「李珍宇が在日朝鮮人であることは疑いがない。しかしすべての在日朝鮮人が李珍宇であるわけではない」ということになるでしょう。つまり彼は非常に独自な形で、彼の条件を表現しているのだ、と私は考えたのです。だからサルトルに関心を持ち、彼のものを勉強していなかったら、私にとってこの出会いはなかったかもしれません。

それと同時に、この本を読みながら私が強く感じさせられたのは、自分が日本人だということです。それが私には嬉しくないのですが、どうしてもそういう考えが出てきます。普段私は本を読むときに、そんなことを意識していません。自分が何かを読んだり見たりするときには、読む対象、見る対象が自分の意識を占めていて、日本人である私がそれを読んでいる、それを見ている、などという意識は現れてこないのです。それを意識するためには、自分自身を反省的に、第三者の目で眺めなければなりません。ところがこの本を読んでいると、私は否応なしに反省意識に立たされる。それは、日本語しか読めない、日本語しかしゃべれない在日という存在を作り出したのが、われわれ日本人にほかならないからです。

日本語を母語とする集団のなかには、日本人によって設けられた境界があって、その境界の向こうに在日朝鮮人の彼がおり、こちら側に私がいます。そのことを、私は否応なしに意識させられる。先ほどのサルトルの植民地主義にかんする言葉を使えば、良い日本人と性悪な日本人がいるわけではない、日本人がいる、それだけだ、ということになるのでしょう。これがまず出発点にあります。つまり在日朝鮮人の問題というのは、政治的・社会的なさまざまの権利侵害はもちろんですが、日本語を通しても、すべての日本人の問題であり、日本人の責任に関わるのです。

こんなふうに考えた私に対して、ずいぶんいろいろな批判がありました。どうして日本人のくせに在日朝鮮人の感覚を忖度できるのか、とか、そんな想像は不遜ではないか、とも言われました。ただ、ここで私が主張したいのは、文学とはそういうものだということです。たとえ不遜であっても、対象としたものに入りこみ、踏みこんでいかなければ、理解できないのです。またそうした理解がなければ、先ほど植民地の暴政からアルジェリア人とフランス人を同時に解放するという考え方がありましたように、在日朝鮮人と日本人の解放へと繋がっていかないように思われます。

おそらく歴史や社会科学の専門のかたは、上の方から俯瞰的に見たり、統計の数字を読んだりして、状況を理解するのでしょう。それに対して文学を通してものを考える人間は、ある人間の意識の内面に入りこみ、その意識からトータルなものへと視野を広げていきます。そういう筋道をとるのです。そして考えてみると、私がこれまでに関心を持ってきた作家は、たとえばプルーストにしても、ファノンにしても、李珍宇とは違いますけれども、日本人と朝鮮人の関係のような矛盾を抱えていたのです。たとえばプルーストだったら、カトリックの父親とユダヤ人の母親のあいだに生まれて、近代の反ユダヤ主義が急速に燃え上がる時期に物心がつき、成長した、という事情があって、それが作品にも反映していきます。李珍宇の書簡を読むときも、私はまず初めに文学を読むように、彼の内面に入りこんでいったのでしょう。しかし、そこから彼への強い共感が生まれました。また、李珍宇はどうして、あのような行為に走るのではなくて、作家になってくれなかったのだろう、という気持も生まれました。私には、これが実に悔しいことなのです。

だいぶ時間が経っていますので、次にもう一つの事件、金嬉老事件についてふれます。

この事件が起こったのは、小松川事件から一〇年後の一九六八年二月ですが、私はまだ小松川事件で頭がいっぱいのときでした。というのは、『罪と死と愛と』に出会ったのは六三年ですが、これを大学のゼミで取り上げたり、これについていろいろな文章を書いたりしたのが六六年、上野千鶴子さんの目に止まった「日本のジュネ」を『新日本文学』に発表したのが六七年二月で、それへの賛否の意見もあり、ようやく一段落したときに、とつぜん次の事件が起こったからです。だから私には本当に相次いで事件が起こった、という印象でした。

金嬉老も日本語しか話さない在日です。小学校も欠席が多く、五年のときからは完全に学校を捨てて、あとは社会の裏街道ばかりを歩き、日本中を放浪していました。その点で、彼の状況はジュネの場合よりもっと悪かったかもしれない。ただ、ジュネや李珍宇と違って、金嬉老の場合は、想像、イマジネーションの世界ではなく、暴力の世界に入りこんでいったのです。そのために、何回も逮捕されています。

最後には、金銭上のトラブル、というよりはむしろ言いがかりをつけられて、暴力団から執拗な脅迫を受けました。危険を感じて、彼は逃げ歩き、青森の知人宅に身を潜めるのですが、そこも相手に知られて手紙が舞い込んできます。揚げ句の果てについに意を決して、彼は清水のキャバレーで相手に会うのですが、そこでの交渉がこじれて、かっとしてライフル銃を向けることになります。同時に、その暴力団幹部に付き添って、それまで威張っていた子分の一人に怪我をさせるつもりで、その尻のあたりを狙って撃ったのが致命傷になり、結局二人の人を殺害してしまいます。それから彼はキャバレーを出て、凍てつく二月の夜のなかを車を駆って寸又峡の山の中まで行き、ライフル銃とダイナマイトを持ってある旅館に閉じこもります。そこから清水署に電話をかけて、日頃在日朝鮮人に暴言を吐いていたある刑事を呼び出し、おれは今ここにいるが、お前がこれまで在日朝鮮人に対してやってきたことを公に謝罪せよ、と要求したのです。

金嬉老は数日の籠城の後に逮捕されましたが、この事件は当時、連日大きく報道されました。とくに私には、在日の問題が核心だっただけに、その直前に考えていた小松川事件とダブって、非常に強い関心がありました。そして彼の逮捕後、裁判のために弁護団が組織され、その弁護団を助ける公判対策委員会というものが出来たときに、その委員会に参加して、八年半のあいだ裁判に関わることになったのです。詳しくお話する余裕はありませんが、ひと言だけ申し上げたいのが、一審、つまり地裁の裁判のときのことです。検事からは死刑求刑があり、それに対して無期懲役の判決が出たのですが、その判決の四カ月くらい前でしたか、弁護団の最終弁論というものが法廷で読み上げられました。ここに持ってきたのは、その最終弁論を公判対策委員会が冊子にしたものです。四〇〇字詰め原稿用紙にして、七五〇枚ほどのものです。

裁判の始まるときの冒頭陳述もそうでしたが、とくにこの最終弁論は、弁護団と対策委員会の共同執筆と言ってもいいものです。私たちは弁護団といろいろ話し合って、こういうふうな弁論をしてはどうかと提案し、自分たちもある部分を執筆しました。もちろん主任弁護人がすべてに細かく目を通しているのですが、在日朝鮮人のおかれた条件などを描く部分では、そこにおられる高史明さんなどにも原稿をお見せして、ご意見をうかがったこともあります。

この最終弁論のなかで、私が他の人と協力して実現したいと思ったのは、『方法の問題』にあらわれたサルトルの人間理解の方法です。つまり金嬉老は独自な個性ですが、在日ということに始まって、その独自性を作っているいろいろな条件は普遍的な言葉である程度は解明できる筈です。私はいわば金嬉老の行動を理解できるものにする手掛かりを、ここに出したいと思ったのです。たとえば金嬉老にとって日本語とは何だったか、といったことも、彼の人格を形成する重要な要素であり、最終的に彼の犯罪と無縁ではないでしょう。もちろん裁判所がそんなことをどこまで理解できるか。それほど日本の裁判所の頭が良くないことも承知していました（笑）。しかし、とにかくそういうふうに彼を理解する、という方法で、なんとか弁護していきたいと思ったのですね。だからこれもやはり私にとっては、サルトル以来の繋がりのなかで起こったことなのです。

いよいよ時間がなくなってきましたので、最後に、現代の問題についてふれておきますが、初めに六〇年代から七〇年代にかけて私が関わったことは、現在に繋がっており、それがこの小さな書物を書く理由の一つだった、ということを申し上げました。しかし、四〇年前の時代と比較して、現在の状況はずいぶん変わっている部分があると思います。

明らかに好転してきたものもあります。おそらく今の高麗博物館のある辺りの光景は、以前はとうてい考えられなかったことですし、韓流ブームとか、姜尚中さんの本が何十万部も売れたなどというのも、驚くべき話です。それから『朝日新聞』の夕刊に「在日という未来」などというコラムが一定期間連載されるのも、以前には起こり得ないことでした。

しかし、変わらない部分もあります。過去の日本の歴史について無反省である、ということは依然として変わりません。内なる植民地、日本の内にある植民地という問題も、けっして全面的に解決したわけではありません。たとえば国籍条項は、依然としてあちこちで問題になっています。

さらに変わっていないばかりか、悪化した部分も明らかにある。たとえば先ほど館長が、今度の総理大臣(麻生太郎)の話をされました。私もまさにそうだと思います。彼が自民党の総裁に選ばれたときに、フランスのテレビ・ニュースでなんて紹介されたと思われますか。今度、日本の与党の総裁に「ナショナリスト」が選ばれた、というのが最初の紹介です（笑）。ナショナリストなどと言われれば、フランスでは、極右政党のル・ペンか何かを思い出す表現です。そんなふうに見られても当然でしょう。彼はかつて、「創氏改名は朝鮮人が望んだ」などと発言した程度の認識の人ですから。

同じく悪化したと思われるのが靖国問題です。私がとくに感じるのは、A級戦犯の合祀ということばかりではなくて、今日の話との関連で言えば、靖国がまさに植民地主義を鼓吹する神社だということです。もし靖国神社の境内にある遊就館にまだ行ったことのないかたがおられたら、是非行かれることをお勧めします。あれを見ると、靖国神社の思想、イデオロギーが、実によく分かる。それは明治以後のすべての戦争の美化、台湾や朝鮮への侵略の歴史の肯定です。台湾や朝鮮での抵抗運動を弾圧するために出動してそのとき死んだ日本の軍人は、靖国に祀られています。そればかりではありません。第二次大戦末期には、多数の朝鮮・台湾出身の人たちが軍人・軍属として召集されて、命を落としていますが、彼らも靖国に祀られていて、その数は約五万柱と言われます。そのなかには自分の先祖が靖国に祀られているのを屈辱と見なして、抗議する人もおり、合祀取り下げを要求する人もいましたが、神社側はいっさい受けつけず、死者たちは当時は日本人だったと称して、一貫してこれを拒否しています。言い替えれば、靖国神社は植民地主義の神社であり、今なお「皇民化」を主張している神社だということになります。

二〇〇二年九月に小泉元首相がピョンヤンに行って金正日とともに発表した「日朝平壌宣言」のなかには、過去の日本の植民地支配に対する「痛切な反省と心からのお詫びの気持ち」という文句が入っていますが、その小泉が翌年一月にはこれ見よがしに靖国に詣でて、「皇民化」を讃えている有様です。「ピョンヤン宣言」のなかの文句が心にもないものであったのは、これでも明らかでしょう。

こうしたものは、悪化した部分だと思います。私は今後の日本について、まったく楽観していませんが、このような認めがたいことには自分なりに抵抗しながら、残りの人生を送っていこうと思っています。

メモの最後に掲げた「①批判の刃は自分に向ける、②相手の立場で考える」、というのは、血で血を洗うような争いをしたバルカン一一カ国の歴史家が、共同で史料集を出すに当たって貫いた態度です。ここにはさらに第三項目があって、それは「バルカン諸国の歴史家だけで自立的に行う」というものでした。つまり、第三者たとえば大国などの意見に従うのではなく、当事者同士の話し合いで決める、というものです。私はこれを、非常にいい態度だと思います。すでに日中韓共同の教科書などというのも高文研から出されていて、そういうことはもう常識になっているのかもしれませんが、とくに第一と第二の点は、異民族との関係の基本だと私は思っています。そういうごく初歩的なことを忘れずに、残りの人生を歩んでいくつもりです。

今日は本当に長い時間ご静聴いただき、有り難うございました。

在日の問題と日本社会

第五回 永住外国人地方参政権シンポジウムin鳥取 基調講演（二〇一一年一一月二六日）

皆さん、こんにちは。末期高齢者ですので坐ったままでしゃべらせていただきます。

実は今日は騙されて連れて来られたようなもので、最初はこんな壇に上がるとは思ってもいなかったのです。しかもあちこちに在日外国人問題の権威が坐っておられるのが見えるところで、朝鮮語も知らない私のような素人がお話するので、いささか忸怩たるものがあります。

もちろん私はこの企画の目指す永住外国人に地方参政権を与えることに全面的に賛成ですが、それを前提にしたうえで、どのように私が「在日」の問題に関わるようになったのかを聴きたいというご依頼ですので、今日はそのことのみに絞って話をさせていただきます。

私は「在日」の問題に強い関心を持っていますが、積極的に発言したり行動したりしたのは、一九六〇年代から七〇年代にかけてのことにすぎません。四年ほど前に勧められて、そのときの回想を『越境の時』（集英社新書）という小さな本に書きましたが、今日の話もその回想に添ったものになると思います。

「戦争責任」と「戦後責任」

お手許の資料の最初に、「戦争責任」と「戦後責任」と書いてあります。この問題にふれるのは、実はその前のページに、これもたいへん恥ずかしいのですが、主催者のかたが私の『異郷の季節　新装版』（みすず書房）の「二〇年後のあとがき」の一節を引用しておられて、そこに、戦前の植民地帝国日本の歴史が残したものに厳しく向き合うことこそ日本の「戦後責任」を果たすことである、という趣旨の言葉が出てくるからです。

一九九九年に高橋哲哉の『戦後責任論』という本が出版されました。そのなかで高橋さんは、「戦後責任」の問題は九〇年代から論じられたもので、特に従軍慰安婦問題がきっかけだった、と書いておられます。確かに戦争直後には、東京裁判などで日本の軍隊のやったことが明らかになるにつれて、「戦争責任」という言葉は盛んに使われましたが、まだ「戦後責任」を論じる時期には来ていませんでした。

しかし私自身は割合に早く、六〇年代から「戦後責任」ということを考え、それを言い続けてきました。そのきっかけになったのが「在日」の問題です。そう言いますと必ず、「フランス文学者がどうして在日のことを考えたのだ?」と訊かれます。しかし私にとっては、フランス文学を勉強しなければ在日の問題には行き当たらなかったし、たとえ行き着くにしてもそれが非常に遅れただろうと思われるのです。それで今日はフランス文学と在日の関係、そしてそれが実は日本人全体の問題なのだということを申し上げたいと思います。

フランス体験——アルジェリア戦争(一九五四〜一九六二)

そもそもの発端は、給費留学生としてフランスに行ったときです。私が初めてフランスに行ったのは一九五四年でしたが、着いてひと月ほどすると、とつぜんアルジェリア戦争が始まりました。独立を目指す民族解放戦線(FLN)による武装闘争の開始です。そのときまで私はアルジェリアの問題をまったく考えたことがなかったので、これには完全に不意を衝かれました。

フランス政府の反応は、迅速かつ厳しいものでした。「これは少数のテロリストの仕業である。アルジェリアはフランスのものだ。フランスは自国のなかに、自分の権威以外のいかなる権威も認めることはない」というのが、その態度です。そして、それがフランス人の圧倒的な世論でもありました。つまり「アルジェリアが一握りのテロリストの暴力のために大変なことになっている」というのが、一般の認識だったのです。

このような考え方で、フランス政府は次々とアルジェリアのフランス軍を増強して、徹底的に独立運動を弾圧しました。ところが、この「一握りのテロリスト」の反乱が一向に終わらない。私は三年余りフランスにおりましたが、その間ずっと戦争が続き、ますます泥沼化して、いくら軍を増強しても一向に鎮圧できないという状態だったのです。

それだけではありません。「アルジェリアはフランスのもの」という圧倒的な世論、FLNは暴徒であり、テロリストである、という大多数のフランス人の常識に対して、ごく少数ですが、正反対の主張をする言論人もあらわれました。それがたとえばサルトルと、彼の主宰する『レ・タン・モデルヌ』という雑誌であり、『フランス・オプセルヴァトゥール』や『キリスト者の証言』という週刊誌と、そこに寄稿するクロード・ブールデやロベール・バラなどのジャーナリストたちでした。そのような少数派の言論活動には目を見張るものがありました。

このような状態でしたから、私も遅まきながらアルジェリアとは何なのかということを考え始めて、ブールデの講演会に行ったり、いろいろな本を読みあさったりしたのです。例えばジャンソン夫妻の書いた『アウト・ロー・アルジェリア』は、そのとき熟読して多くのことを教えられた本です。夫のフランシス・ジャンソンは非常に行動的な哲学者で、一時は『レ・タン・モデルヌ』の編集長も務めていた人です。そんなふうに少し調べてみると、今では常識になったことですが、次のような事情が分かってきました。

最初、フランスはごく些細な理由で、一八三〇年からアルジェリアに軍隊を派遣して、ここを領有したのです。それ以後は、北アフリカの原住民であるベルベール人とアラブ人を、オスマン＝トルコの圧政から解放してこれを「文明化」するというのが、アルジェリアに居坐る口実になりました。その「文明化」のために、まず次々と入植者（コロン）が送りこまれます。そして入植者たちは「囲い込み」と称して、原住民を一定の区域に追いこんで、その土地を奪っていったのです。またそれまでの部族による土地所有を近代化するというのも、彼らの土地を奪う口実になりました。日本が後に朝鮮半島でやるような、一種の「土地調査事業」が行われたのです。

アルジェリア原住民は、最初は肥沃な土地から痩せた土地へと追いやられ、痩せた土地からさらには土地を失って都市のほうへ流れていきました。しかし、都市に来ても仕事があるわけではないので、さらにフランスにまで流れてきて仕事を探す者もあらわれました。そういう状態が続いたのです。

フランス革命以後の一九世紀のフランスは、王政復古の時代もありましたが、全体として共和制が徐々に成立して共和国が誕生していく時代と見られがちです。ところが共和国建設の時期のフランスは、同時に植民地帝国を建設するフランスでもあったのです。こうして一八三〇年以後、フランスの植民地はものすごい勢いで拡大していきます。

その口実となった「文明化」のためには、フランスの文化を教え込まなければなりません。優れた民族は劣った民族に自分たちの文化をつぎ込んで、彼らを開化する義務がある、というわけです。そのために後にはフランス語が強制されました。これも朝鮮の事態と似ています。もちろんこうしたことは、原住民にとってとうてい受け入れられるものではありません。だから彼らはこれに反撥して、何度も抵抗運動を繰り返しました。特に一九世紀には、アブデル＝カデールという人に率いられた抵抗軍がありまして、これが頑強に戦ったのですが、結局はフランスによって鎮圧されました。

しかし第二次世界大戦後には、植民地独立の気運が一気に高まりました。特にベトナムのディエン・ビエン・フーでのフランスの敗戦も刺激になって、この一九五四年の蜂起を呼び起こしたのです。

このような歴史にもかかわらず、当時のフランス人の大多数は、ごく単純にFLNは暴徒であり、テロリストである、という政府見解を信じて、これを疑いもしませんでした。ところが私のようにまったく利害を離れた第三者の目から見ると、問題はきわめて明快でした。

それにしても、どうして一般のフランス人はこんなに自明のことが分からないのだろう？　それが初め私には不思議でした。しかし考えてみれば、日本も戦前は植民地帝国で、朝鮮半島や台湾の人びとの抵抗を暴力で抑えつけて恬として恥じなかったのだし、まだ幼かったとは言え、私はそのことすらほとんど意識してこなかったのです。また戦後も、私はそれまでほとんど旧植民地との接点がなく、この問題を考えもしませんでした。これは愚かなフランス人と同じことです。こうしてフランスでのアルジェリア戦争を通して、日本にも旧植民地の問題があることに、私はいくらか気づき始めたのです。アルジェリアを通して朝鮮や台湾を少しだけ発見した、と言ってもいいでしょう。鈍根というのはこういう私のような人間のことです。

朝鮮と「在日」の問題

私は一九五八年に日本に帰ってきました。三年余りフランスにいたのですが、アルジェリア戦争はまだまだ続いておりました。そして当時の日本では、アルジェリアはまるで「地の果て」のように遠かったので、アルジェリア戦争について詳しくフォローしている者も少なかったのです。そのために、私のような若造にも、さまざまな機会に発言が求められました。そのたびに私は、アルジェリアは遠くない、これは日本にとっての朝鮮を考えればすぐ分かる、と言ってきました。しかし実を言うと、朝鮮も日本にとって遠かったのです。また私も、朝鮮のことを自分の問題として考えるには到底至っていませんでした。というのは、その後で「在日」という問題にぶつかったときに、初めて「これはまさに自分の問題だ」ということに気がつき出したからです。

最初のきっかけは私が帰ってきた年、一九五八年八月の「小松川事件」です。ここにおられる若い方は事件のことをご存じないと思いますので、簡単に説明しますと、まず東京の小松川高校の定時制二年の女子生徒が行方不明になったのが発端です。そして四日後に、小松川高校屋上のスチーム管防護壁の中で、絞殺された彼女の腐乱死体が発見されたのです。

その発見のされ方が異常でした。彼女が行方不明になってから二、三日後に、小松川署と読売新聞社会部に「小松川高校の屋上を探してみろ」と電話があり、それに従って捜査すると実際に遺体が発見されたのです。おまけに遺族のもとには被害者の櫛が送られ、捜査一課にも被害者の写真と手鏡が送られてきました。そしてさらに読売新聞社には犯人と思しき者から長い電話がかかってきたのです。犯人が明らかに電話口にいて、捜査を愚弄しているらしい。しかし、なかなか犯人逮捕には至りません。そんなことがあって、新聞は大騒ぎになりました。

しかし、それだけ跡を残せば、足がつかない筈はありません。こうして、犯人は二週間ほどして捕まりました。それは金子《かねこ》鎮宇《しずお》こと李珍宇《イジヌ》。一八歳の在日朝鮮人少年でした。しかも彼は逮捕後に、その前にもう一件の殺人を犯していたことも自白したのです。

私はそのとき、実に奇妙な事件だと思いましたが、それ以上に深くは考えませんでした。在日朝鮮人なら誰でもこの事件に傷つき、心を痛めた筈ですが、そんなことにも思い及びませんでした。それほどに鈍感だったのです。しかもこの少年の裁判は異常なスピードで進み、地裁、高裁で死刑が宣告され、最高裁では上告が棄却されました。その間に、「李少年を助けるためのお願い」という減刑嘆願書が送られてきましたので、私はすべての死刑に反対するという立場でそれに署名しましたが、それ以上ではありませんでした。さらに一九六二年一一月に刑が執行されたことも、私の強い関心を惹くものではありませんでした。

そのような私にとって事件が急に重大なものに見えたのは、李少年が二二歳で処刑された翌年の一九六三年五月に、一冊の小さな本を手に取ったためです。それは朴壽南《パクスナム》という女性が編集した『罪と死と愛と』（三一新書）という本で、彼女と李珍宇とのあいだで交わされた手紙と、二、三の他の人に宛てた李珍宇の手紙を集めたものです。彼女は李珍宇より少し年上の在日朝鮮人ですが、小松川事件に驚愕して、自分から獄中の李珍宇に近づき、何とか彼を支えようと必死の努力をしたのです。その思い詰めた気持が痛いほど感じられる本でした。これを読んだとき、私は数日のあいだ、ガツンとぶん殴られたような衝撃を受けたのです。

何が衝撃だったのか。資料には三つのことを挙げておきました。

まず、李珍宇という少年の類い稀な知性です。彼は一八歳や二〇歳とはとうてい思えないようなとんでもない知性、理解力、想像力を備えていて、それが随所にあらわれます。読む本もとても少年とは思えないようなものばかりです。獄中でカトリックになったので『聖書』はもとよりですが、ギリシャ哲学、ギリシャ悲劇に始まり、一六世紀のロンサール、一七世紀のパスカル、コルネイユ、さらに現代文学のラングストン・ヒューズ、サルトル、カミュ、ボーヴォワール、マルロー、ヘミングウェイ、哲学ではヘーゲル、キルケゴール、ベルクソンからフッサールの現象学にまで興味を示します。マルクス、エンゲルス、レーニンの引用もある。処刑の二カ月前に差し入れを求めた本は、ベルジャーエフ、プラトン、プロチノス、といった具合です。八〇歳を越えた私がまだ読んでいないようなものまで、貪婪な知識欲で次々と消化していく。読んだ本についての感想も的確です。私はこの旺盛な知識欲と理解力に驚嘆しました。それと同時に、これだけの知性を備えた少年がどうしてあのような不思議な罪を犯したのかと、戸惑いを覚えました。

それから、二番目に「境遇と責任」と書いておきました。それはこの本のなかで、李珍宇と朴壽南が、互いに精一杯の言葉を交わし合うのに、それが奇妙にすれ違ってしまうことも関係しています。特に「民族」についての考え方がまるで異なっているのです。

朴壽南は、おそらく当時は朝鮮総連に属していたのでしょう、彼女の手紙にはかなり公式的な言い方で、朝鮮民族を讃える言葉が連ねられていますし、差し入れる本もその傾向のものが多かったのです。また彼女は、「中学・高校を自分の民族意識を育てつちから朝鮮人学校でおくったこと」は自分の大きな幸福だったと言い、「もし、あなたが朝鮮人学校へ行っていたなら」このような犯罪はなかったろう、とまで考えていることが窺われます。つまり李珍宇の犯罪は民族の自覚の欠如と関わっており、それは境遇のもたらしたものだ、と考えているのです。

ところが李珍宇はそれに同意しないで、次のように言います。これは朴壽南ではなく、別の人に出した手紙ですが、「私の問題には二つの見方があり、一つは境遇はいかにして私に罪を犯させたか、ということであり、もう一つは私は境遇においていかにつとめたか、ということです。この後者から責任の問題が出てくるわけです」。さらに朴壽南に宛てて、「悪を為したものがこれは自分の責任ではないということは出来ない。そう云えるのはおくびょう者でしかない」。なかなかこういうことを言いきれる人はいないと思います。

それだけではありません。三つ目に私は「『非情な本性』の自覚」を挙げておきました。三番目の引用がそれにあたるのですが、彼は要するに、罪を犯したのは自分の「本性」のためだと言います。つまり本性が悪だったからだ、と言っているのです。そして、「私は人を殺すということについて、何の感動もないのです。この本性、これは今の、現在の私の心に相変わらずあるのです」と言っています。また、「私は二つの事件を起こしましたが、あのまま捕らわれなかったら、機会あるごとに更に人を殺したことはたしかです」とまで言うのです。これは私にはショックでした。しかもそう言いながら李珍宇は手紙のなかで、悪とは何かということを実に冷静に位置づけていくのです。

考えてみますと、人が生まれて物心がついていくときに、最初から自分を悪人だと思う者はいないでしょう。「自分は生まれながらの悪人だ」という自覚を幼いときに持つということはまず考えられません。「悪」というのは「善」に対してあるわけで、「善」でないものが「悪」になるのです。そうすると、李珍宇はどのようにして自分が「善」でないと思うようになったのか。それが私にはとても大きな問題でした。

それと同時に、自分は非情で、自分の本性は悪だ、と言っている李珍宇に、私は不思議にもたいへんな共感を覚えたのです。「悪だ」と言っている人間にどうして共感を持つことができるのか。これは多分、文学に関心を持つ者の特権で、社会学や歴史をやる人とも、また法律家とも違うのでしょう。いずれにしても私はこんなふうに共感を覚えたために、自分を「非情な本性」の悪人だと考える李珍宇を、理解したいと思い始めたのです。

李珍宇の行為は、物取りでも恨みでもないので、当時「動機なき犯罪」と言われました。しかし一つの犯罪には、必ずそれを準備するものがある筈です。李珍宇がどうしてあのような犯罪を行い、また「機会あるごとに更に人を殺したことはたしかです」などと言うようになったのか、それを内的に理解することも可能ではないか。私はいわば一種の感情移入を行って、李珍宇がそのような考えを持つにいたった過程を自分なりに想像し、追跡してみたかったのです。

そのとき私の念頭にあったのは、サルトルの人間理解の方法です。アルジェリア戦争のときに、周囲のフランス人たちの意見と相反してアルジェリアの問題を鋭く洞察したサルトルは、また『方法の問題』という論文で、自分の人間理解の仕方を語ってもいます。私の頭にはその論文があったのですが、しかし今はそれを説明すると長くなりますから、そのことにはふれません。代わりに、今まであまり他で披露したことのない問題についてお話します。それは言葉の問題ですが、これもまたサルトルに触発されて李珍宇に至った考え方の一つなのです。

サルトル「黒いオルフェ」

ここでちょっと小松川事件から離れて、サルトルのあるエッセイをご紹介します。サルトルの言葉の問題として、私が今日お話したいと思った「黒いオルフェ」という文章についてです。

これは『ニグロ・マダガスカル新詞華集』の序文として書かれたものです。この『新詞華集』というのは、黒人詩人たちが書いたフランス語の詩を集めたもので、一九四八年に出ました。「ニグロ」とはもちろん黒人の蔑称をそのままタイトルにしたものです。

どうして黒人がフランス語で詩を書くのか。変な気がするかもしれませんが、これはごく自然なことなのです。初めに申しました通り、アルジェリアを一八三〇年に領有して以来、フランスはアフリカに植民地帝国を築いてきました。ですから地図を広げると、まず北アフリカのマグレブと言われるところに、アルジェリア、モロッコ、チュニジアがあります。ここはアラブ・ベルベール人の土地ですから、原住民は黒人ではありません。しかし、フランスの植民地はそこから西南に広がっていきます。西のほうへ行くとモーリタニアやセネガルがありますし、南にはチャドやマリやニジェール、カメルーンがありますし、さらに中央アフリカの辺りにはコンゴがあります。とにかくアフリカの地図で、黒人の住む旧フランス植民地は広大なものです。それだけではなく、アフリカの東側、つまりインド洋に面したところにはマダガスカル島があって、ここも旧フランス領です。

さらに飛んでアメリカには、フランス革命以前からの植民地があります。中央アメリカのハイチもフランス領だったことがありますが、その辺がアンティル諸島（西インド諸島）

で、例えば、マルティニックとかグアドループは小さい島ですが、これは今なおフランスの海外県です。

そのようなフランスの植民地の黒人たちは、「文明化」の旗印のもとに、フランス語を叩き込まれました。アンティル諸島に至っては、もともとの原住民がほとんど殺されるか、またはヨーロッパから持ち込まれた疫病にかかって、いなくなってしまったのです。あの辺りは、初めにコロンブスが発見し、それからスペインが支配します。そして一世紀ぐらい遅れてフランスやイギリスが入ってきたのですが、そのあいだに原住民がほとんど死滅してしまったのです。

そこでアフリカの黒人を奴隷として連れてきて、プランテーションの労働者として働かせたのですが、アフリカの黒人たちはさまざまな部族に属しているので、みんな言葉が違う。彼らは共通の言葉を持っていないのです。アフリカからはるばるグアドループとかマルティニックに連れて来られたうえに、隣で働く者とは言葉が通じない。では、どのようにコミュニケーションをするのか。唯一の共通語はフランス語なのです（また、フランス語がさまざまな言語と混じり合って変形したクレオール語なのです）。

ところでフランスは一九世紀の中頃、一方では植民地帝国を作っていきますが、他方では一八四八年に奴隷制度を廃止します。ですから、黒人たちも奴隷の身分からは一応解放されますが、もちろんそういうところで働く黒人は下積みの労働者です。上には支配者である裕福なフランス人がいて、黒人たちは貧しい生活を強いられます。それでも彼らのなかには「文明化」の影響を受けて、徐々に知識を身につけ、いわば文明化された「開化民」として這い上がっていく者もいたのです。

そういう人たちは、二〇世紀になるとフランスに留学します。同じように、アフリカからフランスに来る「開化民」もいます。こうしてあちらこちらから黒人たちがフランスに集まり、一九三〇年前後にそうしたパリの黒人留学生たちが、まず『正当防衛』という雑誌、次に『黒人学生』という雑誌を作ります。とくにセネガル出身のサンゴールと、マルティニック出身のセゼールが有名ですが、彼らは雑誌を足場に、自分たちの主張を始めるのです。フランス語を母語とする黒人学生の自己主張が、その雑誌だったわけです。そこから「ネグリチュード」という言葉が生まれました。「ネグリチュード」というのは、英語の「ニグロ」にあたるフランス語の「ネーグル」からきていまして、黒人であること、黒人意識、黒人の自己表現、自己主張といったようなニュアンスです。彼らはその自己主張を詩という形で表現しました。そのような詩をサンゴールが集めて編集したアンソロジーに、サルトルが序文をつけたのです。それを読んで、私は目からうろこが落ちるような思いがしたものです。

例えば、フランス語に「黒」noirと「白」blancという言葉があります。「白」は白人を指すとともに、潔白なもの、清いものも指し、「黒」は黒人を指すと同時に、卑しいもの、罪深いもの、汚いもの、といったニュアンスも含んでいます。つまりフランス語にはそもそもの初めから、白人優位のイデオロギーが染み付いているのです。

そうすると、フランス語で詩を書いたり、あるいは文章を書こうとしたりする黒人は、卑屈にならずに自己表現をするために、こうしたイデオロギーを覆す表現を求めなければなりません。それが黒人詩の持つ独自性になったのです。例えば「黒い」という言葉はマイナスの価値を持っていたはずなのに、彼らの詩のなかでは逆に「黒」が光となり、プラスの価値を帯びて輝き始めます。そのようなネグリチュードの詩がサルトルに衝撃を与えたのです。

私はそれに触発されて、この黒人詩人たちのフランス語を、李珍宇の日本語に引きつけて考えました。最初にそのことにふれたのは、そこに挙げた「アジア・アフリカにおける文化の問題」（岩波講座『現代10　現代の芸術』一九六四）という論文です。これはもともと堀田善衛が書く筈だったものですが、彼が書けなくなって私に助力を求めてきたので、私が後半部分を執筆して完成させたのです。そのなかで私は「黒いオルフェ」に言及すると同時に、李珍宇のことにもふれました。ほんの問題提起という程度ですが、日本語しかしゃべれない在日朝鮮人の彼が、処刑される少し前に刑務所内で一生懸命朝鮮語を学び始めたことを、「黒いオルフェ」の扱うフランス語を母語とする黒人詩人と比較して取り上げたのです。

サルトルはまた、「ネグリチュードとは、黒人の世界内存在なので、白人がそれについて適切に語ることはできない」とも書いています。私も日本人ですから、李珍宇のいろいろな問題を適切に語ることはできないし、まして彼の内面を忖度するなどというのは不遜なことでしょう。しかし文学的な思考では、そういう李珍宇に感情移入をして、彼を理解しようと思わなければ、共感を生かすことはできません。それで、不遜なことは承知のうえで、私は敢えてこれを表現してみようと思い、いくつかの文章を書き始めたのです。

「民族責任」

フランス語を母語とする黒人たちのように、李珍宇は日本語しかしゃべれない少年でした。彼の父親はもともと「工場に仕事がある」といううまい話に乗って来日したのですが、実は工場ではなく九州の炭鉱に放り込まれたのです。そこで三年もの間、大変危険で過酷な労働をして、周りで人が死んだり、怪我をしたりするのを見てきました。三年ほど経ってようやくそこから抜け出しましたが、食べる手段もない。それでつい盗みなどに走って、刑務所生活を何回も経験します。刑務所から出てきた後も日雇い労働者で、毎朝早い時間に出掛けていき、夜は仕事が終わると安酒を煽って、家に帰ると疲れてそのまま寝てしまう。結局、息子とはほとんど会話らしいものがなかったのです。

でも、母親がいるではないか、と考えるかもしれませんが、李珍宇の母親は半聾唖者だったのです。耳が聞こえないので、うまくしゃべれない。したがって、ここにも会話がありません。李珍宇は必然的に、家以外のところでしか言葉を使うことのない人間、つまり日本語でしかコミュニケーションができない人間になっていったのです。

しかも、多くの在日朝鮮人と同じように、彼は金子鎮宇という日本名を名乗っていました。ですから、周りの友だちはみんな彼を日本人だと思っていたのです。彼もいかにも日本人らしく振る舞いました。しかし、心のなかではむろん自分が朝鮮人であることを知っています。家も朝鮮部落にあったのです。ただ、周りの朝鮮人は総連系の者が多かったのに対して、彼の一家は逆に父親が総連嫌いだったので、部落でも孤立していたのです。

そういう境遇にあった彼について、私は先ほどのフランス語の「白」「黒」と同じような、日本語の問題を考えました。フランス語の「黒」と同様に、日本語のなかにある「朝鮮」という言葉には、いろいろなニュアンスが付着しています。それは単に「朝鮮」という土地を指すだけではなく、蔑まれた存在であるとか、一種の惨めさだとか、そういうマイナス価値を持った言葉として受け取られがちです。だから、「俺は朝鮮人だ」と考えたときに李珍宇は、普通ならば友だちと同じように無邪気に成長していける人間なのに、実はマイナス価値を背負っていかなければならないことを意識したのでしょう。

たしかに外見は日本人と同じで、また日本人として振る舞っていますが、これは仮面にすぎず、本来の自分ではありません。ところが本来の自分は朝鮮人なのだ、と考えるときに、彼はそれを日本語で思考するのです。そして日本語のこの言葉には、日本人が作り上げた「朝鮮人」というイメージが染み付いている。つまり彼は、本来の自分が日本人の作り上げた悪しき存在であるのを自覚することになります。私はそんなふうに彼の意識が形成されたのだろうし、そこに悪が根付く最初のきっかけがあったのだろうと考えたのです。

こうした自覚や精神形成は、いろいろな人が語っています。例えば、先ほど挙げた朴壽南、李珍宇に接触を持った女性ですが、彼女は最初に『罪と死と愛と』を出した十数年後に『李珍宇全書簡集』（新人物往来社、一九七九）という本を編んで、すべての手紙を刊行しました。その解説でこう書いています。「わたしたちは、生まれながらのパン・チョッパリではないのだ。ある日、不意にわたしたちが自分が何者であるのか、を知らされるのは、わたしたちがはじめて他者に出会う小さな子どもの頃である」。そして、それはまさに「チョーセン」という言葉によって、それが「わたしであることを思い知らされる」ときだ、と書いています。

同じようなことをフランス文学のボーヴォワールが言っております。彼女は『第二の性』の中で「人は女に生まれるのではない。女になるのだ」という有名な言葉を吐きました。つまり女になるというのは、自分が社会あるいは男たちによって女と見られているものになっている、自分はそういうふうに見られている女なのだということを、あるときに自覚する、ということでしょう。つまり日本語にもフランス語にも、もともと男性優位のイデオロギーが染み付いているのです。

だから少し敏感な日本人は、なかなか「朝鮮」という言葉を口にできないのです。「君はイギリス人だね」「君はフランス人だね」というように、「君は朝鮮人だね」とはなかなか自然に出てきません。それを言った途端に、自分は朝鮮人ではなく日本人であり、それは創氏改名や、関東大震災や、その前からの朝鮮支配などを全部含みこんだ、そういう日本人なのだということを、どうしても感じてしまう。だから、なかなか「朝鮮」という言葉を口にできないのです。しかし、私はあえてそれを自然に口にしていこうと思っています。そういうことを私が考えていたときに、アルベール・メンミの次のような言葉に出会ったのです。

メンミは、最後にはフランスの大学で教授になった人ですが、生まれはチュニジアの貧しいユダヤ人の家庭で、母親はベルベール族。チュニジアやアルジェリアでアラブ人よりもさらに前からいた先住民です。そういった複雑な血筋の人ですから、こういう問題にたいそう敏感なのでしょう。彼はこう言っています。

「植民地的状況とは民族の民族に対する関係だ。（中略）彼（善意のコロン）は抑圧する民族の一員であり、望もうと望むまいと、彼がその幸運を分けあったと同様にその運命をも分け持つように決められている。（中略）彼は、個人としては何の罪もないけれども、抑圧するグループの一員である限り、集団的責任にあずかっている」（『植民者の肖像』）

確かに日本人のなかにも善意の日本人がいます。しかしその人も、日本人であるということのために不利益を蒙ることはないし、権利を奪われることもありません。逆に、日本人という存在の一員であることによって、日本人でない者の権利を奪っているのですから、否応なしに差別の構造に組みこまれているわけです。どんなに善意の日本人も、個人としては責任がなくても、一方に日本人でないために屈折した生涯を送ることを強いられる者がいるのですから、その責任は担わなければなりません。

李珍宇は「私の犯罪には二つの面がある。境遇はいかにして犯罪を起こさせたか、そして次に、その境遇において私はいかにつとめたか、ここから私の責任が出てくる」と言いました。最初は「境遇はいかにして犯罪を起こさせたか」でした。では、その境遇を作った人の責任は問われないのか。国も社会も個人も、誰も責任を取ろうとしないではないか。これが李珍宇の書簡を読みながら、私が素朴に考えたことです。それを私は「民族責任」と呼びました。

ところで『罪と死と愛と』を読んだ当時、私は一橋大学に勤めていました。一橋大学では、銀行や商社などの出世コースに進む学生が幅を利かせていますが、私のゼミはそういう未来から外れた学生が来るところでしたから、「落ちこぼれゼミ」と自称していました。教師も落ちこぼれで、生徒も落ちこぼれ、落ちこぼれ同士がゼミをやるのだと言って、それが我々のゼミのプライドになっていました。その落ちこぼれゼミの学生に私はこの本を読ませて、皆で討論して資料を作り、学園祭で「李珍宇の復権」という題でシンポジウムを行ったのです。当時としては随分豪華なメンバーだったのですが、旗田巍、朴壽南、竹内芳郎、玉城素などがパネラーでした。私が『越境の時』に引いた「悪の選択」という文章は、そのときに学生とともに作った資料集に掲載したものです。このシンポジウムが一九六六年の一〇月でした。

そんなふうにして、私は在日の問題に関わり始めたのです。すると、そのとき出した資料に関心を持った『新日本文学』から、「悪の選択」を転載させてくれという依頼が来ました。私は当時、中野重治や佐多稲子の属する「新日本文学会」の会員だったのです。しかし同じ文章よりはと思って、私は少し手を加えて、「日本のジュネ」という題で一九六七年の二月号に発表しましたが、すると『統一朝鮮新聞』という新聞が直ちに私の文章を取り上げて、二週にわたり長い論評を掲載したのです。この新聞は微妙で困難な中立的立場を模索していた当時の週刊紙ですが、それを見て私は改めてこの問題の重大さを思い知らされました。

金嬉老事件（一九六八年二月）

金嬉老事件が起こったのは、それからやっと一年ほどしたときです。だから私には、小松川事件と金嬉老事件がほとんど連続して起こったような印象を受けました。

事件のことを細かくお話ししていると時間がなくなりますので、端折って申しますが、金嬉老というほとんど裏街道ばかり歩んできた一人の在日朝鮮人が、暴力団員から不当な借金取り立てで散々脅かされた末に、ライフル銃で二人の相手を射殺してしまったというのが発端です。

金嬉老は深夜に事件を起こすと、直ちに静岡県の寸又峡に行き、とある旅館に入って、静岡署に電話をかけます。そして犯人である自分の居場所を明らかにするとともに、二つの要求をしました。一つは、清水警察の小泉という警官に、在日朝鮮人を罵倒したことを公に謝罪せよという要求、いま一つは、殺害された二人が暴力団員であることを公表せよ、という要求です。

しかし彼はライフル銃とダイナマイトを持っていたので、まるでいつ暴発するか分からないような状態で、宿泊人を人質にしているような印象を与えました。だからテレビや新聞は彼を「ライフル魔」と呼んで、連日のようにこの事件を大々的に報道したのです。

金嬉老は四日ほどの籠城の後に逮捕されます。そして私はさまざまな偶然が重なって、事件後の弁護団と金嬉老公判対策委員会の結成にあずかるようになったのです。

この金嬉老も日本語しか話せない朝鮮人でした。港湾労働者だった父親は、彼がまだ幼かったときに事故で死んでしまい、母親だけが頼りの幼年時代でした。読み書きのできない母親は、くず拾いや豚飼いで生活します。そして金嬉老は、子供のときから「朝鮮人、朝鮮人」と言っていじめられ、小学校三年から不登校になり、五年のときからは放浪の生活に入って、完全に正規の教育を放棄してしまいます。だから、彼は朝鮮語もしゃべれないし、日本語の読み書きも碌にできなかったのです。しかもそういう生活を続けていると、やはり犯罪に巻き込まれて、何度も刑務所に入ることになります。その刑務所のなかで、彼は一念発起して日本語の読み書きを覚えたのですが、これは大変な努力だったでしょう。しかし裏社会にいたので、出獄後も当然いかがわしい人たちとの接点ができて、暴力団から金を揺すられるようになります。彼は青森まで逃げましたが、そこにも暴力団から請求の手紙が届いたので、その執拗さに我慢できなくて、最後に相手に銃を向けることになったのです。

これは日本中の人をテレビの前に釘付けにした事件でしたから、裁判にあたって弁護団と公判対策委員会は、何よりも極刑を恐れました。それを避けることが至上命令でした。だが同時に、彼の主張を生かすことも我々の課題でした。彼が清水警察の小泉という警官に在日朝鮮人を罵倒したことへの謝罪を要求したこと、犯人自身が名乗り出てこのような要求をしたのは、まさに積もり積もった鬱憤をそこで晴らしたいという気持ちがあったわけですから、それを生かすような裁判にしたい、と我々は考えたのです。そのためには、事件までの彼の半生を明らかにすることが必要でした。それによって、そういう生活を彼に強いた日本社会の責任を浮き彫りにすることが、彼の援護になると考えたのです。

細かいことは省略しますが、そこで我々が考えた一つの方法は、できるだけ多くの在日朝鮮人に証人として出てきていただいて、自分たちのことを証言してもらうことでした。金嬉老と同じような生活を強いられた在日朝鮮人は無数にいます。せめてそういうことを裁判官に感じてもらおうと考えたのです。

その証言のうちの二つを資料に引用しておきました。一つは高史明《コサミョン》の証言です。彼は現在、仏教を非常に深く探究して、親鸞と『歎異抄』について多くの本を書いていますが、どうして自分は朝鮮語を知る機会がなかったのかということが、その引用に書かれています。彼は母親に早く死なれ、父親は仕事に出て行ってほとんど家におらず、会話のない生活だったのです。だから、父親は朝鮮語が母語ですが、子どもたちはいつか日本語しかしゃべれない人間になったのです。彼はこの証言でも、また少し後に出した自伝的な『生きることの意味』という本でも、衝撃的な事件について語っています。大変貧しく、ネズミが自分たちの上を走りまわるような生活のなかで、父親が苦しみに耐えかねて自殺を図るときの話です。子どもが目を覚ますと、父が自殺をしようとしている。子どもたちは、「お父ちゃんだめだ」と取りすがるのですが、そのとき咄嗟に出てきた言葉はなんと日本語だったのです。朝鮮語しかしゃべらない父親に、朝鮮語で「やめて」と言えなかった。そういう痛切な口惜しい経験を彼は明らかにしています。

次に挙げたのは金時鐘《キムシジョン》という詩人の証言ですが、この金時鐘を始めとして、何人もの在日の方が異口同音に語っていたのは、煎じつめれば「自分が今、金嬉老の坐っている被告席にいてもおかしくはない。そういう生活を自分はずっと送ってきた。ただ、きわどいところで偶然にそれを逃れたにすぎない」という趣旨のことでした。

たしかに金嬉老は犯罪を犯したのだけれども、そういう犯罪に追い込む条件は日本社会によって至るところに作られているのだということを、これらの証言はいずれも雄弁に語ってくれました。

ところが地裁でも高裁でも、検察官はそのような問題をほとんど無視して、平然と死刑を求刑したのです。特に地裁では、金嬉老を脅迫した暴力団を公然と擁護するような形での死刑求刑でした。それで私は、地裁判決が出る直前に、『展望』（筑摩書房）という雑誌に「金嬉老裁判における事実と思想――検察官加藤圭一の論告を批判する」（一九七二年六月号）という文章を書き、名指しで検察官を批判しました。

それはこの検察官が論告求刑で、金嬉老を脅迫した暴力団幹部について、「彼は組から足を洗おうとして金融業の免許を受けて仕事をやっていた」などと露骨に擁護する文句を書いていたからです。ところがそれこそ、金嬉老に難癖をつけて呼び出し、ピストルをちらつかせて金を揺すり取ろうとしていた人物の話で、検察官の言う「金融業」の実態はこのようなものなのです。それをあたかも正業に就こうとしていたかのようにかばって、ひたすら金嬉老の悪性を強調して彼に極刑を求める態度が、私は許せませんでした。だから、末端で権力を行使する検察官も、自分の名前でこういう論告を書く以上、その責任は免れないという意味で、公に検察官の名前を挙げて彼の論告のひどさを批判したのです。

ご存じのように金嬉老は結局無期懲役になり、熊本刑務所に服役します。そして一九九九年に仮出獄して、去年、釜山で亡くなりました。八一歳でした。波乱の人生でしたが、私はけっして彼のしたことを肯定しているわけではありません。批判すべき点も多く、面会に行ってもアクリル板か何かの柵を隔てて随分激しい論争になったこともあります。しかし煎じ詰めれば、彼の不幸な人生を準備したそもそもの初めにあるのは、日本社会の歪んだ構造で、我々もその構造の一角に組みこまれているのです。

「民族責任」の現在

最後に、「『民族責任』の現在」について少しふれたいと思います。

「民族責任」という言葉は、小松川事件について書いたときからの私の主張で、金嬉老の裁判に関わるにあたっての基本的な考え方だったのですが、「民族」というのは実はかなり危険な言葉です。積極的に「民族」という言い方をすると、必ずナショナリズムに陥って、国益だの、愛国だのということに至りやすい。だから私はなるべく「民族」とは言わないようにしたいのです。しかし同時に、どんなに否定しても否定しきれない最後に残るものが「民族」なのだ、とも考えています。

李珍宇は「自分は在日朝鮮人だから殺人を犯したわけではない」と、ずっとこの関係を否定していました。しかし最終的には、「私は朝鮮人の、死刑囚なのだ」という認識に到達します。また彼の犯罪のなかに屈折した形で在日朝鮮人の問題があることも、だんだんに見えてきます。そういう意味で「民族」という言葉は危険ではあるが、我々も最終的には、否定しながらも自分の歴史的存在として引き受けなければならないものなのでしょう。

その点で私が非常に感動したのは、ドイツの元首相シュレーダーの言葉です。これは二〇〇五年、ナチのユダヤ人絶滅収容所解放六〇周年記念式典での演説の一節です。二〇〇五年と言えば、もちろん絶滅収容所を知らない若い人がたくさんいます。その人たちのなかには「我々はそのようなものに責任はない」という人がいても当然です。日本人でも、『戦争責任』といっても、我々が戦争したわけではないし、我々が朝鮮を併合したわけでもない」という声が出てくるように、これはごく自然な反応と言ってもよいでしょう。

しかしシュレーダーは、ユダヤ人絶滅収容所を作ってユダヤ人を虐殺したという行為を心に刻むことは、「ドイツ国民のアイデンティティーの一部をなしている」と言っています。これに私は非常に感動しました。

我々のなかにはもちろん、個人的には多くの者が善意を持っており、個人的には何も手を下したことのない人が多いのですが、それでも今までの日本がやってきたことは我々のアイデンティティーの一部で、どんなに否定しようとしても、否応なしに我々の民族の一特性としてつきまとってくるものです。だからこそ、「民族責任」の自覚、現在の日本を作っている過去の日本の行為の直視は、依然として我々の果たすべき「戦後責任」なのです。

ベルリンには、広大な土地を使って、虐殺された欧州ユダヤ人の追悼記念碑さえできています。これを考えると、過去を葬ろうとする日本とは大分違う責任の取り方だと思います。

そしてもう一つ、私がとても感心したのは、バルカンの歴史家たちの申し合わせです。ユーゴースラヴィアが解体された後に、バルカンでは血で血を洗う民族闘争がありましたが、その後でバルカンの歴史家たちが共同で史料集をまとめました。そのときの三点の申し合わせがとてもいいので紹介します。それは「批判の刃はまず自分に向ける」、「相手の立場で考える」、「バルカン諸国の歴史家だけで自立的に行う」という三項目です。

こういう姿勢を日朝や日中の関係でも絶えず忘れずに持ち続けていられたら、日本社会も、日本における在日の立場も、まるで変わっていたでしょう。ところが日本の現状は非常にお粗末なもので、私がこのようなことを言うと必ず、あれは自虐史観だという言葉が飛んできます。「自虐史観と言うなら言え」と私は申しています。自虐と言われるほうが、無責任や無反省や鈍感史観よりも、まだマシだと思うからです。おそらく、狭い意味での在日の人は、これからますます数が減っていくでしょう。そうすると、きちんと在日に向きあうこともなしに、なし崩しに問題が解決すると考えて、安堵する人もいるかもしれません。どうしようもない人たちです。

過去の歴史をどう扱うかということは、現在の歴史を作ることとですから、やはり我々はそれを自分で引き受けて、いわば自分のアイデンティティーの一つとしていかなければならないと思います。私はそういうことを何十年も前から考え、主張してきましたが、もうじきいなくなる歳に達した今も、その姿勢だけは最後まで貫いていくつもりです。

このようなお話が、永住外国人地方参政権のためのシンポジウムにお役に立つかどうかは分かりませんが、以上で終わりたいと思います。皆さん、どうも有り難うございました。

サルトルと現代——来日五〇周年にあたって

獨協大学オープンカレッジ特別講座（二〇一七年三月四日）

みなさんこんにちは。今、みなさんがご覧になったのは、昨年九月一八日の深夜に放映されたTBSの「報道の魂」という番組で、一九六六年、五〇年前にサルトルが日本に来たときの映像です。六六年は、サルトルのほかにもビートルズが来日しましたし、また、ほかにもいろいろなことがあった年です。例えば中国では文化大革命が起こりましたし、私自身の個人的関心から言いますと、イタリアとアルジェリアの合作映画『アルジェの戦い』が作られたのがその年ですね。この映画は去年、新宿のK'sシネマで五〇年ぶりに再上映され、私も何回も見ましたが、まるで現在の「イスラム国家」のテロを再現しているような印象を受けました。これを見ると、五〇年経っても変わらない事態があるのを感じます。

先ほどの映像の冒頭では、慶應大学でのサルトルの講演に聴衆が殺到した場面をご覧になったわけですが、まずは来日前のサルトルがどう捉えられ、どう受け取られていたか、また私自身が彼をどう見てきたかをお話しします。次に私がサルトルとボーヴォワールに会った経験を、来日のときのことも含めてご紹介しましょう。サルトルは一九八〇年に死んでいますから、話の中心はそれ以前の時期のことになるのですが、いわゆる「五月革命」の話もなかに入って来ます。そして最後には、サルトルと現在社会との関係について、二点のみに絞ってお話をしていきます。

サルトルが日本に紹介されて話題になったのは、敗戦後です。当初、実存主義とは肉体文学だと思われていました。当時は田村泰次郎の小説『肉体の門』がたいへんヒットしましたが、サルトルにも露骨な性描写がありますから、同じような文学ではないかと思われたのですね。それでもサルトルの小説や評論、戯曲が次々と紹介されるにつれて、これはたいへんな大作家だと分かってきましたが、その時期の日本人の理解はまだ甘いものでした。サルトルをよく理解したとは決して言えなかったのです。私自身は一九五四年にフランスに行きまして、五八年の初めまでおりましたが、そのときにサルトルの存在の偉大さを痛感しました。世界中のいろいろな所で、例えば何か事件が起こりますと、そのたびにサルトルはどう反応するか、みなが期待して見守るのです。そういう存在でした。決して、単なる流行作家ではない。なかでも特に影響が大きかったのは、アルジェリア戦争です。アルジェリア戦争は一九五四年に始まり、六二年にアルジェリアの独立で終わります。ですから私がフランスにいる間は、絶えずアルジェリア戦争が話題になりました。五四年一一月、「武装反乱」を起こした民族解放戦線（Front de Libération Nationale : FLN）に対して、フランスは軍を投入、増強し、弾圧します。さらに相手の居場所を突き止めるために、捕えた活動家にひどい拷問も行っているということが、私がフランスにいるときに既に伝わってきました。フランスにはアルジェリアの出稼ぎ労働者が大勢います。カルティエ・ラタンにも、アルジェリア人の学生が沢山いるのです。その人たちはおおよそ、民族解放戦線の活動家、あるいはその同調者で、私はそういう人たちと非常に親しくしておりました。ですから、サルトルの立場表明を期待して待っておりますと、五六年、サルトルが主宰する雑誌『レ・タン・モデルヌ』に、「植民地主義は一つの体制である」という文章が発表されます。植民地は一つの体制である。その体制を変えない限り、事態は変わらない。そういう趣旨の長い文章で、最後にこう書かれていました。「我々の役割は植民地主義の死を助けることである。そしてアルジェリア人民の側に立って、植民地の暴虐な政治から、アルジェリア人とフランス人を同時に解放すべく戦うことである」。こういう、ラディカルな態度が表明されたのです。私はそれに非常に感銘を受けました。それ以来サルトルという名前はアルジェリアの戦争に反対するシンボル的存在になったのです。

私は一九五八年に日本に帰ってきます。帰国と同時に系統的にサルトルを勉強しなおし、それまでの勉強では理解が不充分だったので、あらためて全体を読み直しまして、六三年に『サルトルの文学』という小さな本を書きました。それが私の最初の本になったわけですが、同時に五八年は、民族解放戦線が臨時政府を樹立した年でもあります。臨時政府を樹立するということは、外交活動を開始するということでもありますから、彼らは日本にも代表部を置きました。東京の麻布にその代表部が出来たので、私はすぐにそこの人と親しくなりまして、いろいろな資料をもらい、彼らの活動を助け、場合によっては彼らの講演に付いて行ったり、私もいろいろな大学で講演をしたりしました。まだ若造でしたがそんなこともしていたのです。

アルジェリア戦争が六二年まで続く間に、サルトルにまつわる重要な事件が二つありました。一つはフランシス・ジャンソンが作ったアルジェリア解放のための秘密組織「ジャンソン機関」に関連します。フランスは武装闘争を弾圧するために大勢の兵隊をアルジェリアに送るわけですが、それでも間に合わなくて、徴兵期間を延長し、一旦兵役が終わった者も再召集して、現地に送っていました。現地に行けば戦争ですから相手を殺し、場合によっては解放戦線の居場所を突き止めるために捕虜の拷問もしなければならない。その様子は先ほど挙げた映画『アルジェの戦い』に詳しく描かれています。そんな現地に行きたくない若者が、いっぱいいるわけです。それでどうするかというと、彼らは召集されても行かずに軍から脱走する。「ジャンソン機関」はその人たちを助けて国外へ逃がす脱走援助機関でもあったわけです。同時に、いろんな形で民族解放戦線がフランスの国内にも入りこんでいましたから、その人たちを助ける援助機関でもありました。

サルトルはそれをジャンソンから聞き、直ちにその機関に自分なりの援助をしようと、機関が発行する刊行物に寄稿するなどして、活動を助けていました。しかしそういう機関はどうしても警察に発見されてしまいます。一九六〇年、機関の主だったメンバーが逮捕され、ジャンソンは国外に逃亡して辛くも逮捕を免れたのですが、その年の一〇月からは逮捕されたメンバーの裁判が始まります。その裁判に向けて、知識人たちが一つの声明を出しました。「アルジェリア戦争における不服従の権利に関する宣言」がそれで、非常に長い文章ですが、その最後に三つの項目が掲げられています。

1　われわれはアルジェリア人に対して武器をとることの拒否を尊敬し、正当と見なす。
2　われわれは、フランス人民の名において抑圧されているアルジェリア人に援助と庇護を与えることを自分の義務と考えるフランス人の行為を尊敬し、正当と考える。
3　植民地体制の崩壊に決定的な貢献をしているアルジェリア人の大義は、すべての自由人の大義である。

これはモリエンヌの『祖国に反逆する』(淡徳三郎編訳、三一書房、一九六〇)という本に全文が日本語で入っておりますが、サルトルが書いたものではないのですね。ただサルトルは事前に趣旨を聞いて、同意を与えていました。読めばお分かりになりますが、先ほどのサルトルが『レ・タン・モデルヌ』で表明した文章の趣旨を体現した宣言で、「植民地主義は一つの体制である」という言葉とそっくりそのまま重ね合わせることができます。この宣言の署名者は最初一二一人いまして、「一二一人宣言」と呼ばれますが、日本にもよく知られた人でいえば、ブランショ、デュラス、サルトル、ボーヴォワールのほかに、例えば音楽のブーレーズや映画監督のアラン・レネ、その他の著名な人が署名しています。その後次々と参加者が増えまして、全体で二百数十人になりますが、フランソワーズ・サガン、『悲しみよこんにちは』で有名なあのサガンなどは、これはてっきりサルトルが書いたのだろうと思って署名したそうです。ご覧のように、この宣言はいわば〝非国民宣言〟とでも呼ばれそうな内容のものですが、これを日本に当て嵌めて考えてみればその重大さがよく分かります。日本は戦前、朝鮮半島や台湾などを植民地としていたわけですが、朝鮮や台湾ではいろいろな形で抗日運動がありました。朝鮮では三一独立運動があり、台湾では霧社事件があり、それらを日本政府は容赦なく弾圧したのです。もし仮にその時に私が彼らの側に立ち、その弾圧に賛成せず、召集を拒否する者の権利を守ると宣言したり、あるいはそういうことを考えたりしたら、どうなるか。それを思えば、この「一二一人宣言」が非常に大胆で、なおかつ政府に対し真っ向から異議申し立てをしたものと理解できます。これがサルトルに関する二つの事件のうちの一つです。

もう一つはフランツ・ファノンに関することです。その頃まで私はファノンという人物を知らなかったのですが、アルジェリア臨時政府の二代目の代表として日本に来たベンハビレス氏から『革命第五年』というファノンの本を贈られて、彼の存在を知ったのです。一九六〇年のことでした。ではファノンとは何者か。彼は中米のカリブ海に浮かぶマルチニック島生まれの黒人です。マルチニック島は今でもフランスの海外県ですから、彼もフランス本土にやって来まして、精神科の医者になります。そして精神科医としてアルジェリアのブリダに送られます。私はこのブリダの病院を、もちろんずっと後になってからですが、一度訪ねたことがあります。その模様は『異郷の季節』（新装版、みすず書房、二〇〇七）という本に詳しく書いておきました。

ファノンがそこで勤務しているときに、アルジェリア戦争が起こったのです。それで彼はどうするか。彼は自分をアルジェリアに送り込んだフランス側に辞表を提出し、その相手方、民族解放戦線側に身を投じたのです。そして民族解放戦線のイデオローグとして活躍する。当時、民族解放戦線は『エル・ムジャヒード』という新聞を発行していましたが、彼はそこに寄稿するとともに、いくつかの本を執筆する。その一つが六一年に出版された『地に呪われたる者』（新装版、みすず書房、二〇一五）で、これは後年、私が訳してみすず書房から刊行されておりますが、非常に激しい本で、「第一章　暴力」は冒頭から「植民地解放は暴力的に行われる」と始められます。暴力によってこそ、植民地は解放されるのです。しかし最初、その暴力は植民地主義者には向けられず、植民地の原住民同士の間で行使されます。それがある時期から、植民地主義者に向かって発揮されるようになる。それが第一章の趣旨です。サルトルはこの本に序文を寄せております。この序文、フランス国内では「まるで殺人を教唆しているようだ」と批判した人もいますが、これまた非常に激しい文章です。「植民地主義の長年の暴力こそが、植民地原住民の暴力を作っているのだから、その暴力はまさに我々の暴力が跳ね返ってきたものだ」。こういうことをサルトルは序文で書いているのです。

考えてみますと、例えば昨今の「イスラム国」の暴力。あれはその前にあったイラク戦争が直接の原因ですね。イラク戦争とは、イラクに大量破壊兵器があるという偽りの情報をもとにして、主としてアメリカとイギリスの主導でイラクに兵を送った戦争です。日本の自衛隊もそこへ送られました。そして結局、大量破壊兵器はなかったわけです。だから兵を送る理由はなかったのに、サダム・フセインは捕われ、殺されます。イラクを逃れた人たちは別の場所へ流れ、それが今の「イスラム国」の出来るきっかけになる。それ以前にもさまざまな要因がありますが、直接のきっかけはそこにあるのです。これもまさに、まず最初に我々、こちら側の暴力があったわけです。映画『アルジェの戦い』を見ても、いかに暴力が暴力を生むか、よく分かります。

そういうことを、サルトルを通して、アルジェリア戦争を通して、ずっと、私は考えてきました。そして六〇年代の初めごろからは、サルトルが日本に来る前ですが、日本の国内植民地である「在日」の問題についていろいろと考え、発言するようになりました。そこに蓄え込まれる暴力の問題が発端でした。暴力が、まさに過去の植民地支配と現在の不当な差別の結果として、今現在の「在日」の不遇な境遇と結びついて現れてくるのだと、この頃から考えるようになったのです。一方で『サルトルの文学』（紀伊國屋書店、一九六三、復刻版、一九九四）という小著を書き、他方では「在日」の問題ともからめてサルトルのアルジェリア問題への発言を紹介していましたから、サルトル来日前に彼を受け入れる準備は充分にできていたわけです。そこへ、サルトルとボーヴォワールの来日が決まります。

私はたいへん喜んで、ぜひ彼らに会おうと思っていました。

サルトル来日は慶應大学による招聘で、版元の人文書院がそれを支えるというものでした。約四週間ですが、スケジュールを聞くと、ぎっしり組まれていて、我々が入り込む余地などないようでした。講演は聴きましたが、講演会場で彼らと親しく話をすることはできませんし、ちょっと残念に思っていたのです。それが来日してから一週間ほどして、二つの目の講演を終えた後で、たまたま彼ら二人と言葉を交わす機会が訪れたのです。

主催者がサルトルとボーヴォワールに能を観せようと、東京の東中野にある梅若能楽堂に二人を招いたのです。その時に研究者のかたたちもどうぞ、と言われ、私も招かれてそこへ行ったわけです。演目は梅若六郎の「葵上」だったのですが、休憩の時間にちょっと廊下に出てみたら、そこにボーヴォワールが立っている。それで近づいて、私が「鈴木と申しますが」と自己紹介をしました。するとボーヴォワールは「あなたが、あのスズキさん？」と言う。私はとてもびっくりして「どうしてご存知ですか？」と訊きますと、在日フランス大使館から送られてきたサルトルに関する討論記録を読んでいるという答えでした。

『日仏文化技術通信　No. 64』（一九六五）がそれです。討論というのは、サルトル来日の二年前の出来事ですが、フランス大使館の文化担当参事官から一通の手紙が届きまして、サルトルについての討論をしたいからぜひ参加してほしいと依頼されました。手紙にはいくつかの質問が並べてありまして、ひと目見てすぐにバカげた質問だなと思ったのですが、要するにサルトルはフランスではもう古い、彼は超えられて今は別の文学が現れている、それなのに日本では相変わらずサルトルが熱狂的に研究され著書が読まれているが、これは一体どういうことだろうと。これが質問全体の趣旨で、いくつかの個別な点についての質問が挙げられていました。そんなことを訊いてくるのなら、じゃあ答えようと、出かけて行ったのです。日本側は加藤周一と平井啓之、平井は当時、東大にいたサルトルの専門家ですが、それから竹内芳郎、そして私です。竹内芳郎は私より五歳年上、平井啓之は八歳上、加藤周一は一〇歳上です。私が一番若く、三人はいずれも亡くなりましたが、平井啓之と竹内芳郎の二人はフランス留学の経験がありません。ですからフランス語が上手く喋れない。それでも平井啓之は京都弁を駆使して「トレ・ビヤンや」というような調子で強引に喋るんです。まあそれは非常に独特の京都訛のフランス語ですが、それでも自由には喋れない。そこで加藤周一と私がもっぱらフランス人に対応することになりました。そもそも質問状の内容がバカげています。その当時サルトルがやろうとしていることは、マルクス主義と実存主義をどう考え合わせるかということで、彼はその問題を苦労して追求しており、これは当時の非常に重要な問題なのに、質問状ではまったく無視されている。サルトルが古くなったと言うが、誰がサルトルを超えたのか？　そう訊くと、フランス側は「ヌーヴォー・ロマンがある、ビュトールがいる、ロブ＝グリエがいる」などと、バカなことを言うわけです。いずれもお話にならないほどの小モノなんですね。それに対して日本側は、サルトルは戦後の精神を代表し、それを体現する人だと応じる。だから今、ドイツでもポーランドでもイギリスでも日本でも読まれている。それなのになぜフランス人だけは愚かなことに、この重要さが分からないのだろうと、皮肉を込めてネチネチと反論したわけです。

サルトルとボーヴォワールは、その記録を読んで、腹を抱えて笑ったそうです。それが日本に行ってみようかというきっかけになったと、ボーヴォワールは言うのですが、これはまあ、お世辞だと思います。そういうことがありまして、最初からお互いが、打ち解け、気心が知れた関係になったわけです。それでもサルトルの滞日中に、私は何回か、日高六郎や坂本義和といった知識人が会う際、また野間宏や中野重治などが会う際に通訳として招かれたのですが、通訳は所詮相手の言っていることを訳すだけですから、直接話をする機会にはならない。やっと充分に話が出来たのは、帰る二日前でした。河出書房の雑誌『文藝』が企画した「サルトル　私の文学と思想」というサルトルを囲む会で、日本の研究者四人が細かく質問をする場が持たれたのです。四人とは、サルトル、ボーヴォワールを招聘した慶應の白井浩司、それから先ほども名前が出ました東大の平井啓之、そして私と海老坂武です。海老坂が一番若く、私より五歳年下ですね。この四人がサルトルにいろいろ質問を浴びせかけるのですが、ボーヴォワールと朝吹登水子さんも同席していました。この二人は黙って聞いている。ときたまボーヴォワールが声を挟むことはありましたが、もっぱらサルトルと私たちの受け答えになります。そのときの印象ですが、サルトルは誰でも受け入れることのできる心の広い人だと分かりました。そして、大知識人ですが非常に気さくで、人の言うことに何でも、多少失礼なことでも、すぐ対応できる。頭の回転が非常に早くて、我々の下手なフランス語を聞いても直ちに言わんとするところを察して、的確な返事が返ってくる。そういう印象を受けたわけです。私はそのとき、せっかく日本に来て知識人の連帯を主張されるのであれば、せめて現在ベトナム反戦で一番戦っている若い知識人と会ってほしかったと、かなり失礼なことを申し上げて、もっと自由な形で来日してほしいと申しましたら、分かった、今度はそうしよう、と二人とも言ったのですが、その二度目は実現しませんでした。それが六六年です。

翌六七年から六八年にかけては、私がこの二人と最も頻繁に会った年です。もともと、六八年の四月から一年間フランスに行くことが決まっていましたので、行ったらサルトルとボーヴォワールに会おうと思っていましたが、その前に突然、フランス行きの機会が訪れたのです。当時、私は「新日本文学会」というグループに加わっていました。野間宏や中野重治、佐多稲子らが中心になって、毎月『新日本文学』という月刊誌を刊行しているグループで、私もしばしばそこに寄稿し、評論やエッセイを書いていました。その新日本文学からの依頼で、レバノンのベイルートで開催されるアジア・アフリカ作家会議に行ってくれないかと言われたのです。六七年三月のことです。アジア・アフリカ作家会議には、日本の代表団の団長として参加したのが、これも新日本文学の長谷川四郎。その他美術評論家で有名な針生一郎などが団員として参加していました。そこへ私も加わったのです。そしてせっかくベイルートまで行ったのだからと、私は会議のあと、その足でアルジェに行きました。

その直前に、私は『アルジェの戦い』を観たばかりです。映画評も書いていましたから、舞台であるカスバの街も詳しく見たかったし、かつて五〇年代にパリで知り合った民族解放戦線の活動家たちとも再会したかった。わずか三、四日の滞在でしたが、彼らは非常に喜んで歓迎してくれました。日本にいたアルジェリア臨時政府初代代表のキワン、彼などはわずかな期間に二度もホテルに訪ねて来て、歓待してくれました。そんなアルジェ滞在の後に、パリへ行ったのですね。

パリではぜひサルトルとボーヴォワールに会いたいと思っていました。何の予告もなく行ったので、サルトルはたまたま不在でしたが、ボーヴォワールは「鈴木さん、ぜひ家へいらっしゃい」と言う。それでボーヴォワールの家を訪ねました。モンパルナスにある、非常に簡素なたたずまいの家で、そこの仕事部屋と言うよりは、本など一冊もおいてない応接室のような部屋でしたが、一対一で一、二時間ほど、お喋りをしました。ボーヴォワールは機関銃のようにパーっと早口で喋るのですが、とても分かりやすいフランス語です。その時に彼女が一番関心を示したのは、私が日本を発つ直前に『新日本文学』に発表した「日本のジュネ」の話をしたときです。フランスのジャン・ジュネという作家を念頭に置いて付けた題で、在日朝鮮人の非常に頭の良い少年が、大変な犯罪を起こすのですが、彼は獄中から友達に手紙を書き送る。自分より少し年長の「姉さん」と呼ぶ在日朝鮮人女性を相手に、素晴らしい手紙を書くのです。一八歳で犯罪を犯し、結局二二歳で処刑されますが、その手紙はたいへん知性に溢れた、見事な手紙なのです。ジャン・ジュネという作家は、パリの娼婦の子どもで、捨てられて、何の教育も受けず、一〇歳そこそこから放浪して学校へもろくに行かず、盗みなどの悪事をたくさん働いて、感化院か何かに送られた後に、素晴らしい作品を書いた人です。そのジュネを念頭に置いて書いたこの「日本のジュネ」の話をしましたら、ボーヴォワールは、それはぜひ翻訳して、『レ・タン・モデルヌ』に発表して欲しい、そしてその素晴らしい手紙も一緒に、部分的に翻訳して載せたいと言うのです。私はたいへん心が動きまして、やってみようと思ったのです。しかし実際は、その年から翌年にかけては後に申しますように激動の年で、それは実現しませんでした。それで別の文章を『レ・タン・モデルヌ』に書くことになるのですが、ボーヴォワールとの長い個人的な対話では、そういう話をしました。

この短い滞在の間に、私はフランシス・ジャンソンにも会いたいと思っていました。そしてこれも、首尾良くいきまして、彼のアパルトマンを訪ね、三時間以上、脱走兵援助や解放戦線支援機関などについて、詳細にわたって訊くことができました。このジャンソンという人は、映画好きの方は顔をご存知かもしれません。ゴダールの『中国女』(一九六七)という映画で、列車の中で一人の知識人が長々と喋る場面がある。あれはジャンソン自身で、たしかジャンソンが自分の言葉で喋っているのです。

まあ、そんなふうに、短い滞在でしたがいくつかの成果を得て日本に帰ってきたのですが、その年は大変な年で、ベトナム反戦運動が非常に盛んになりました。テレビ番組で海老坂武がふれていたアメリカ脱走兵の問題も出てきました。脱走兵援助はベ平連が中心で、私はそれまでベ平連と何の関係もなかったのですが、その頃突然、小田実や吉川勇一から依頼を受けました。脱走兵の問題で地下組織はあるが表組織が無い、表の組織の責任者の一人になってくれないかというのです。私は翌年の四月からフランスに行くので、わずかな期間しか出来ないよと、条件付きで引き受けて、集会を開いたり、お金を集めたりしました。その脱走兵援助の始まる直前には、ベトナム反戦運動から一〇月八日のいわゆる「第一次羽田事件」が起こり、山崎博昭という学生が機動隊に撲殺されます。殴り殺されたのです。ところが殴り殺した機動隊のことを、新聞は報道しないんですよ。あれは学生が機動隊から奪った放水車を運転して、誤って学生を轢き殺したのだと言うのです。それは何の根拠もなしに、ただ警察の発表をそのまま垂れ流したにすぎないものですが、その不当さを追及するためにも、相当な時間を割きました。そんなこともあって、先程のボーヴォワールの頼みを果たせずにいたところ、その翌年の六八年二月には、金嬉老事件が起こるわけです。それにも私は関わっていましたから、とにかくたいへん忙しい時期で、瞬く間に過ぎてしまったのです。

六八年の四月、私は予定通りフランスに行きました。すぐにサルトルとボーヴォワールに連絡をとりましたら、二人は喜んで会おうといって、モンパルナスのラ・パレットというレストランに招かれました。三時間ほどサルトルと話したでしょうか。例によってボーヴォワールと朝吹登水子さんが横に坐っているんですね。この二人は黙って聞いている。ときどきボーヴォワールが口を出す、という食事会でした。そのときには当然、ベトナム反戦運動の話、そしてアメリカの脱走兵の話も出ました。また、当時非常に話題になっていたアメリカのブラックパワーのことも話しました。しかし、サルトルが一番関心を示したのは、金嬉老問題です。私に細かく事情を訊きほじくりまして、その上で、ぜひそれを『レ・タン・モデルヌ』に書いてくれないかと言う。では書こうと、先にボーヴォワールと話題にしていた「日本のジュネ」の代わりに、金嬉老事件のことを書いたのです。テレビに映ったボーヴォワールの手紙は、日本に帰った私に宛てた、その続きを書かないかという内容の手紙なのです。

その日の会話で、一つ面白いことがありました。ベトナム反戦運動とは言うものの、実際にデモをやったり、ゲリラ的に活動したりしているのは、サルトルではなく若い人たちです。その若い活動家たちは日本の全学連と同じように、いろいろなセクトに分かれているわけです。サルトルは「君をぜひ下部委員会（コミテ・ド・バーズと言いますが）、そこへ紹介しよう」と言う。「ただしこれは、プロ・シノワだよ」。プロ・シノワとは、中国派、毛沢東派です。私は、何派でもいいからそういう運動をしている人に会いたいと思って、喜んで「では紹介して下さい」と頼みました。するとサルトルは、秘書に電話をしろと、連絡先の番号を教える。その電話番号にかけると、秘書は「ここへかけなさい」と別の番号を教える。そこへかけますと、その先の人がまた「ここへかけなさい」。何件目かの電話で、「よし会おう」となりまして、私はその下部組織、下部委員会なるものに出かけて行ったのです。するとそこには、二十代、三十代の若い人たちが、男性ばかりでしたけれども、いるんですね。着くなり「君はなぜおれたちを訪ねてきたんだ?」と訊ねる。「なぜって? サルトルから勧められたからだよ」と答えると、彼らは「サルトル?」と言って顔を見合わせてワッハッハと笑う。これには呆気にとられました。つまりサルトルは下部委員会と親しいつもりでいますが、下部委員会の若者たちから見ると、サルトルは立派な知識人で、まるで雲の上の人なのです。そこには大きな落差があって、それにサルトルは気づいていない。そのことに私は、非常に驚きました。

フランスに行きますと、毎回、私は国立図書館に行くのですが、その年はボーヴォワールもよく同じ図書館に仕事に来ていました。私たち無名の研究者と一緒に、そこで毎日長時間本を読んでいるのです。もちろんそんなときは、少しばかり立ち話をする機会もありました。しかしその年は何と言っても、日本で言うところの「五月革命」の起こった年です。これはベトナム反戦運動の学生逮捕に対する抗議で始まったもので、その年の三月二二日、パリ西部の都市ナンテールにあるパリ大学の分校での事件が発端でした。学生の逮捕に抗議して一四〇人余りの学生が突然教室に乱入、占拠して、集会を始めたのです。翌日には事務棟も占拠して集会を開く。連日のように集会を開くのです。それが今度はパリにあるソルボンヌや、パリ大学のほかの分校などにも飛び火します。大学側はこれを警戒して、警察力の導入で学生を締め出してしまう。締め出された学生は街へ出て行ってワーッとデモをして、それを警察が追いかけると、次々と敷石をはがしてバリケードを作って抵抗します。さらに警察が追いかけると、今度は駐めてある車に火を放って車がボンボン燃えあがるのです。これが五月革命の、目に見える姿です。フランスでは車に火をつけることが非常に盛んで、理由の一つとして、当時は車が消費社会の象徴であったから、それに対する反抗なのですが、他方で、日本人と違ってフランスの人たちは、もともと車をあまり大事にしないのです。日本人はもう舐めるように車を大事にして、少しでも傷がつくと怒りますが、彼らは車を手段として、乗り物として使うので、駐車をするときもぴったりくっつけて駐めますから、いざ出ようとすると出られない。バンパーでパン、パン、と前後の車にぶつけて出ていく、といった車の使い方なのです。そのうえ結構高い買い物で消費社会の象徴ですから、それに次々と火をつける。そんなことが起こりました。

当時は日本のベトナム反戦運動も良く知られていて、Zengakuren（全学連）という呼び名はフランスでも有名でした。このフランスのカルティエ・ラタンの騒ぎは日本にも飛び火して、「神田をカルティエ・ラタンに」などと言っていましたが、これはちょっと滑稽な感じがしますけれど、とにかくそんな運動があったのです。パリの騒動では、その後警察もいつまでも大学を封鎖しているわけにはいきませんので、封鎖を解きますと、学生がゾロゾロとソルボンヌに入って行き、一種の解放区が実現します。そこでは、学生を中心としたさまざまな行動委員会ができるのです。私はその行動委員会もあれこれと覗いてみましたが、サルトルもこの解放区、ソルボンヌへやってきたわけです。私はうっかりして、サルトルが来るのを知らず、聴きそびれたのですが、サルトルの話す教室はあふれんばかりの人で、彼の話を聴きたい人で一杯だったようです。同時にサルトルは、コーン＝ベンディット、彼は最初に「三月二二日運動」を指導した学生で、ドイツ系のユダヤ人、後になって、最近では欧州議会などにも出席していましたが、この人とサルトルとの対談がありまして、先ほどのテレビ番組の映像で海老坂武が訳したと言っていたのがそれです。

私はしかし、それ以前にセクトの若者たちと会ったときの彼らの反応も経験していましたし、実際に活動をしている学生たち、「三月二二日運動」の学生たちとも親しく接していましたから、どうしても落差を感じざるをえませんでした。学生たちは、単に眼前にある大学やベトナム戦争に反対しているばかりではなく、その運動はやがて、それらに先立つ文化全体への異議申し立てへと変わっていきました。かなりアナーキーな運動に変わっていったのです。あちこちの壁に落書きが書きつけられていきますが（今では絵の落書きが多いようですね）、その言葉が面白い。パリ大学のサンシエ分校で見た落書きをよく憶えています。まず初めに「文化は商品ではない」という落書きがあるのですが、それを誰かが書き直して「文化は商品である」と、「ない」から「ある」に変えてしまう。初めの落書きは、商品化した文化には反対だという意味ですが、それが皮肉を込めて書き直され、そもそも文化なんて消費文化しかない、文化なんてすべて商品に過ぎない、という意味に変わってしまう。これも、先立つものへの全面的な異議申し立てになっているのです。

サルトルは果たして、これを理解していたのだろうか。そんな疑問を持ったのは、五月革命の収束した後に、もう一度サルトルとボーヴォワールに会ったときです。再びモンパルナスの今度はクポールという大きなレストランで、サルトルとボーヴォワール、そして朝吹登水子さんが例によって一緒でした。話は前回と同様に、サルトルと私の間でどんどん進行して行くわけですが、どうやらサルトルは、エスタブリッシュメントとしての文化そのものの総否定、サルトルのような知識人も含まれているそれら全体に対する異議申し立て、そうした運動の性格をよく理解できていなかったようです。サルトルと何度か話をしてきましたが、そのとき初めて私は違和感を持ちました。サルトルはお齢ではないかと思ったのです。彼は当時六十代で、じつは彼自身、自らの無理解に後になって気づくことになります。一九七〇年になって発表された発言のうち、例えば雑誌のインタヴュに応じた回答ですが（『シチュアシオンⅧ』に収録されている「人民の友」がそれです）、サルトルは「五月革命が起こったとき、私はじつは何も分かっていなかった」と告白しています。「あのときに自分が考えていた知識人、日本の講演で語った知識人とは、古典的な知識人であり、従来からの知識人で、五月革命で生まれたのが新たな知識人だ。そういう知識人に自分は近づこうとしている」と言い、さらに続けて「しかし他方で、自分は過去を引きずっていて、『家の馬鹿息子』というフローベール論を準備している。今まで一五年間も準備してきたもので、これを変えるわけにはいかない。私はレーニンの著作、四〇冊にも及ぶ尨大な著作が、人民を抑圧することを承知している。民衆の誰もがレーニンの文章を隅から隅まで読むことなどありえない。それは抑圧だ。しかし自分は、それをやめることができない。それは一種の自分のイデオロギー的な利害だ」と、l'intérêt idéologique ランテレ・イデオロジクという言葉を使って、そういうことを語っています。

それでも彼は、若い知識人に近づこうとして、一九七〇年代にはずいぶん痛々しい努力をしておりますが、しかし他方で、もともと右の眼がほとんど見えないうえに左の眼も見えなくなり、七三年頃からほぼ失明状態になります。そして一九八〇年、私はまた一年間、フランスに行くことになるのですが、行く前からサルトルが重体で余命いくばくもないという噂を聞いていました。果たして私がパリに着いてからしばらくして、八〇年四月一五日に彼は亡くなります。病院から棺が出て仮埋葬される日、私は病院の前まで行きました。着いたときは既に黒山のような人だかりでした。やがてサルトルの棺を載せた車が出てきます。上には花がたくさん飾られておりましたが、その車にはボーヴォワールのほかにもう一人乗っていまして、おそらくサルトルが養女として迎えたアルレット・エルカイムでしょう。その後ろにマイクロバスが続き、こちらには関係者が大勢乗っています。そしてそれを取り囲むように、自然と、膨大な葬列ができあがってゆく。私もそのなかにいました。マイクロバスに近づくと、朝吹登水子さんが乗っていたので、ちょっと合図をすると、向こうも私に気づいて合図を返しましたが、おそらくこの五万人といわれた膨大な葬列のなかには、著名人も大勢いたことでしょう。どこかで「あ、イヴ・モンタンだ」という声が聞こえました。私にはイヴ・モンタンの姿が確認できませんでしたが、そういう有名人も混じって歩いていたのです。

サルトルの死の直後から、新聞各紙は数十頁を割く大特集を組みます。それらに拠りますと、一八世紀はヴォルテールの世紀であり、一九世紀はヴィクトル・ユゴーの世紀であり、そして二〇世紀はサルトルの世紀である。そう言われたのです。それほど、サルトルの存在は重かった。しかしながら、最晩年のサルトルは老い、衰えて、ときにはまだら惚けのような症状も発し、眼も見えなくなり、そうして死んでいったのです。

サルトルが死んでから、サルトルに代わる人間は現れていません。少なくとも今まで三十数年はそうでした。その死後、一時的に新哲学者、ヌーヴォー・フィロゾフと呼ばれる軽薄な連中が活躍したこともありましたし、ブルデューや、現在も活躍しているエマニュエル・トッドのような人もいますが、しかし二〇世紀がサルトルの世紀だったのに対して、二一世紀がこの人の世紀だと言える人物が現れたわけではない。つまり、大知識人の時代は、サルトルで終わったのです。

その要因の一つは、おそらくメディアの変化でしょう。サルトルは講演で話すことはありましたが、なんと言っても紙媒体の知識人です。だから彼は、新聞や週刊誌、自分たちの雑誌や著書を通して発言しました。今では大統領がTwitterで呟く時代ですが、Twitterで呟くサルトルの思想なんてものはありえない。そんなことは考えられません。彼の思想は、長い論理の世界のなかで展開される思想です。

では今、サルトルのなにが残ったのか。いろいろありますが、ここでは二点のみ申し上げます。第一に、日本で行った「知識人論」です。サルトルはそれを「古典的知識人だった」と言いましたが、しかしこれは今なお有効な言葉です。というのも、今でも知的領域の専門家は大勢いまして、彼らは要するに専門家として、各自の狭い専門領域での真実を目指しているからです。サルトルはそれを「実践的知識の専門家」と名付けました。彼らが発見する真実とは、その狭い専門領域で普遍的に認められる真実という意味です。ところがそうやって見つけ出す普遍的真理が、権力や社会によって、ごく特殊なものに利用され、限定されてしまうことが多い。例えば原爆がそうですし、原発もそうです。そして無反省に自分の専門的領域に籠もって、その普遍的真理を漁っている者は、いつの間にか権力や社会によってとんでもない方向に利用されていく。こうして〝原子力ムラ〟が出来上がる。普遍的知識に対して、それを利用しようとする特殊な意図があって、現在では軍事目的のために研究を利用するなんていうところに達しているわけですから。この普遍主義と特殊主義との矛盾を感じるところから、「知識人」が生まれる。この矛盾を本当に反省するところから生まれるのだ、というサルトルの知識人論は、依然として有効なものではないか。これが第一点です。

第二点は、現代の世界とも関係するのですが、サルトルが書いた「第三世界は郊外に始まる」という発想です。これはフランスにいるアフリカ人移民労働者に関する書物が出たときの発言で、一九七〇年に発表された文章ですね。集会での発言を文字に起こしたごく短い文章です。内容は、アフリカ人の移民労働者の状況の説明ですが、そこには現在でも通用する問題点がすでに指摘されており、現状を予告・警告するものになっています。

フランスの移民は、遡れば古くからあるのですが、一九五〇年代に私がフランスに行きましたときにはアルジェリア人が大勢いましたし、それからポルトガルやスペインからの労働者もいました。しかし黒人の働く姿はまだそう多くはありませんでした。それが六〇年代の終わり、六七年、六八年に渡仏したときには、すっかり黒人が多くなっていました。なぜかと言いますと、六二年にアルジェリアが独立しますが、その前、一九六〇年は「アフリカの年」と言われて、アフリカの植民地が次々と独立した年なのです。フランスの旧アフリカ植民地は、地中海沿岸にアルジェリアのほか、モロッコ、チュニジアなど、アラブ、ベルベール系の国があって、これは黒人ではありません。ところがフランスは、モロッコの西のモーリタニアから始まって、サハラ砂漠の南の方にも広大な植民地を持っていました。これら植民地の原住民はおおむね黒人です。それが一九六〇年に次々と独立しました。独立しても、貧しい国ですから働く場所がない。そこで職を求め、仕事を求めて、フランスへやって来る。その動きが六〇年代後半から始まりました。

彼らはフランスへ来ると、郊外のスラム街に住みます。スラム街はフランス語でビドンヴィルと言いますが、パリ周辺にもたくさんあり、そこに住むわけです。また後になると、郊外の低家賃の団地に住むようになります。パリ市街は立て混んでいますから大きな団地を建てられませんが、郊外なら可能で、六〇年代から団地が少しずつ建ち始めていたのです。サルトルはその文章で、フランスの移民労働者、アフリカ人労働者は、不法入国だと言われているが、不法でありながら実はフランス資本主義が要求する労働者だと言います。彼らは未熟練の単純労働者で、日本で言えば3Kと言われる「きつい、汚い、危険」な仕事もいとわない人たちです。たとえ多少の技術を身につけていたとしても、その技術・熟練度よりも劣った仕事をさせられる労働者でもあります。しかも一人前の大人になってやって来ますから、大人になるまでの養育費などはフランス社会が負担しているわけではない。そのような不法移民が、暗黙の了解のもとに、フランスに導入される。フランスではフランス語教育を充分に行いませんし、また単身でやって来ますから、家族手当も得られない。彼らはそれでも、フランスで稼いだお金を故郷へ仕送りして、満足している。つまりフランス国内の第三世界だというわけです。かつての植民地がいわば第三世界にあたりますが、以前は植民地で原料を作り、本国へ送って加工し、それを売っていました。それが今やフランスの第三世界は、国内の郊外にあって、人間という単純労働を提供する植民地になっている。彼らの住んでいる劣悪な住環境は、郊外としか言いようがない。サルトルの「郊外」はこのときに飛び出した言葉です。黒人たちが郊外の団地に住み始めるかどうかの、非常に早い時期の言葉です。「第三世界は郊外に始まる」というこのサルトルの言葉は、実に慧眼だと思います。

上に掲げてあるパリとその近郊の地図をご覧ください。西部にはブーローニュの森、東側にはヴァンセンヌの森などもあり、郊外といっても、とくにパリの西側にある一六区から、そのさらに西のヴェルサイユにかけては裕福な郊外ですが、その他のパリを取り巻く郊外は、昔から「赤いベルト」と言われています。赤いベルトと言うわけは、輪になってパリをベルト状に取り巻き、選挙になると必ず共産党に投票するからです。私がパリにいた一九五〇年代にも、そう呼ばれていました。

パリの北東に、スタッド＝ド＝フランスがあり、その北にサン＝ドニ、それからル・ブルジェがあります。このあたりはセーヌ＝サン＝ドニ県で、サルトルの発言の後に、移民が非常に多く住むようになった地域です。今では、セーヌ＝サン＝ドニ県と言えば、すぐに移民と結びつけて考えられています。これら移民たちは六〇年代には好景気のフランスに惹かれてやってきて、単純労働をこなして故郷に仕送りをし、仕事がなくなれば故郷に帰ることも辞さない、そういう移民一世でした。しかし長く住んでいますと、家族を呼び寄せることになる。そして、二世、三世が登場します。二世や三世はフランスで生まれ、フランスの国籍法は絶えず変わりますからよく分からないところがありますが、現在は少なくとも外国人から生まれた子どもでも一一歳から一八歳までフランスに定住していれば、自動的にフランスの国籍を与えられるようになっていると思います。そういった「生地主義」が（これは「血統主義」に対する言葉ですが）、フランス国籍法の特徴です。ですから、二世、三世はフランス人です。母語はフランス語です。故郷の言葉すなわち部族の言葉は、もう喋らなくなっている。しかし一方で彼らのフランス語は略語や隠語が多く、非常に聞き取りにくいものですし、就学率も就業率も非常に悪いのです。

したがって非行に走る者が少なくありません。それを取り締まる警官が、これまたものすごく乱暴な警官です。一般のフランス人に対するのに比べ、移民に対してはたいへん乱暴な扱いをします。そうなりますと、そこにいる貧困家庭の人も暴力的になる。その暴力が、さらに暴動にまで発展する。最初の暴動は一九八一年にリヨン近郊で起こったのですが、車を盗んで、それをカーチェイスさながらの危険運転をした挙句、車に火をつける。そういうことが絶えず起こるようになったわけですね。特に二〇〇五年セーヌ＝サン＝ドニ県クリシー＝スー＝ボワで起こった暴動では、最初に三人のサッカー帰りの少年が、警官に追いかけられます。警官は乱暴ですから、住民は警官と絶えず対立をしているわけです。三人は逃げて、変電所に入り、二人が誤って電線にふれて感電死してしまう。それが火をつけて、たちまちその辺り一帯に暴動が起こりました。一五歳から二〇歳くらいの若者が次々と出てきて、約三週間、暴動が続きます。その間に焼かれた車が約一万台と言われていますが、これなどが現在フランスの郊外で行われている暴力の姿なんです。

そういう移民たちのなかから、例えばラップが生まれます。私はラップというものをよく知らなかったのですが、二年前のSIELDsのデモで、彼らのシュプレヒコールはラップ調だと言われましたね。しかしあれは非常におとなしいラップで、お行儀がいい。こちらの移民のなかから生まれたラップは、凄い言葉を吐きます。例えばエリゼー宮の老人（つまり大統領宮ですが）、この老人どもを一掃しろ、火をつけろと、そういう言葉が使われます。だから、しばしば裁判沙汰になります。この辺りの事情は陣野俊史『フランス暴動　移民法とラップ・フランセ』（河出書房新社、二〇〇六）や鈴木望水「ケニー・アルカナ　あるいは、革命の詩聖女」（公共空間X、http://pubspace-x.net/pubspace/archives/3864）に詳しく書いてありますから、ご覧になるとよく分かります。特に後者はネット上の文章で、読み進みますとラップの題名があり、それをクリックするとYouTubeで映像を直に見聞きすることができます。そうしたものが、移民のなかから登場するわけです。

現在では、日本でもフランスの郊外の研究が進んでおりまして、特に森千香子『排除と抵抗の郊外』（東京大学出版会、二〇一六）は、郊外が移民の集住地と化してゆく経過を含め、たいへん詳しく書いてあります。この人は、先ほどから話題のセーヌ＝サン＝ドニ県にオーベルヴィリエという町がありますが、そこでフィールドワークを行い、女性一人でいろいろな聞き取りを十数年続け、その成果を書籍にしたものです。

こうした現在のフランス近郊の状況を、サルトルは一九七〇年にすでに警告していました。ファノンの暴力論から始まり、植民地の暴力、さらにフランス郊外の第三世界の発生とその第三世界の暴力。そしてそれが現在では、テロをはぐくむ温床になっているような状況です。例えば二〇一五年にバタクラン劇場などが同時多発テロに襲われましたが、首謀者たちが逃亡して身を潜めたのは、郊外のサン＝ドニという町でした。そこに足がかりがあったのです。その町で撃ち合いになり、彼らは全員射殺されました。サルトルの警告も空しく、現在のフランスはこのような状況になっているのです。これは決して、警官の厳しい取り締まりで収まるものではありません。就職・研修などを社会の根本からやり直さないと、改まらないわけです。

それは日本にも言えることです。日本は難民に対して厳しい国として、世界的に知られています。〝Japan Only〟だとか〝単一民族神話〟なるものが、いまだにまかり通っていますが、しかし人口は間違いなく減少して行きますから、日本にも遅かれ早かれ移民が来ることは、免れません。今や二〇〇万人以上の外国人が、定住者になっています。もちろん観光旅行客は別にしてです。ご存知のように大久保にはコリア・タウンがありますし、豊島区池袋の辺りには中国人が大勢います。高田馬場にはビルマ（ミャンマー）から逃れてきた難民が住んでいるところがあります。日本の経済も彼らを必要としていて、愛知県の豊田市に保見という大きな団地がありますが、そこには日系ブラジル人がたくさん住んでいるのです。これはまさにサルトルが言うような状況で、単純労働をさせるために日系ブラジル人を日本に呼び寄せた結果です。リーマンショックが起こり、その日系ブラジル人の三割ほどが故郷へ帰ったようですが、彼らは日系であっても日本語の能力は不充分です。それで、単純労働以上の仕事ができない。だから日本に来る移民には、日本語教育と研修制度をきめ細かく行わなくてはいけないのですが、それが全くできていない。研究書を見ると、日本に来る移民への日本語教育は、せいぜい一二〇時間から多くて一八〇時間だとのことですが、ヨーロッパでの移民に対する教育は、日本語ほど難しくない言葉を教えるのに数百時間、国によっては二千時間ほどかけているのです。

日本は単一民族神話がまかり通ることでも分かるように、第三世界や移民に対して、非常に鈍感な国です。だからヘイトスピーチが大手を振っていますし、それを防ごうとする「シバキ隊」が現れると、警察はむしろ「シバキ隊」の方を抑えるほどです。特に先日の沖縄の「土人」発言などはまさにその典型でした。「土人」とは要するに、植民地原住民を差別し侮蔑して言う言葉です。それに対して政府までもが、「土人発言は差別ではない」などと言って平然としている。

これはメディアにも大きな問題がありまして、現在、日本ではメディアが非常に劣化しています。テレビ・新聞ではほとんど真実が伝わらないし、全部自己規制して、周りを見渡して、「大丈夫かな、言っても大丈夫かな」と慮ってやっと少し書くくらい。今、日本で福島の真実を伝えているのは、フォトジャーナル誌の『デイズ・ジャパン』くらいではないでしょうか。例えば『ル・モンド』などは非常に穏健な新聞ですが、日本の新聞を読むよりそちらを読むほうが、福島の状態は遥かによく分かります。

『ニューヨーク・タイムズ』の前東京支局長マーティン・ファクラーは、二〇一六年二月に『安倍政権にひれ伏す日本のメディア』という本を刊行して、こうした状態を痛烈に批判しました。実際、彼も指摘しているように、大手の新聞やメディアのトップや有力幹部が頻繁に安倍首相に会い、和やかに会食などしている有様のときに、こんなメディアにどうして権力への厳しい批判が期待できますか。これは欧米のまともなメディア関係者には考えられない話でしょう。

だから私にとって、日本の未来は実に暗澹たるものがあります。私はもう間もなくこの世界から消えていく人間ですが、これからも生きていかれる方がどう考えるのか、それを最後の問いかけにしまして、この話を終わりたいと思います。

あとがき

本書は、ここ一〇年余りのあいだにそれぞれの機会で私が行った講演のなかから、記録の残る六つの講演を編集したものである。これらのうちでとくに現代社会に関わるものは、戦争を知る世代の数少ない生き残りの一人として、私が日頃から抱いている危機感がもとになっている。

第二次世界大戦前後のことは、今なお私の記憶に鮮明である。単に東京大空襲で、降ってくる焼夷弾による火の粉を避けながら逃げ回ったり、何もかもなくなった焼け野原に呆然と立ち尽くしたりした記憶だけではない。盧溝橋事件から真珠湾奇襲攻撃に至る一九三〇年代後半から四〇年代にかけては、私の小学校時代に当たっていたが、その時代の雰囲気も今なおはっきり肌で憶えている。

子ども心にも、何かたいへんなことが起こっているという怯えを感じることがないではなかったし、事実、われわれ小学生が南京陥落を祝う旗行列などに駆り出されているときに、中国では南京事件があり、その翌年からは執拗な重慶空爆が始まっていたのである。召集されて戦地に送られた兵士たちは、たいへんな苦しみを嘗め、地獄の経験をしたに違いないが、それでも「銃後」と呼ばれた内地では、周囲の大人たちも能天気で、統制が進み、物資がなくなり始めてはいても、普段通りの生活が続いていた。それから壊滅的な大戦に至る時間は、ごく僅かであった。

その私にとって現在の日本は、そのまま一九三〇年代後半の日本の空気に重なって見える。重大なことが着々と内部で準備され、進行中であるのに、国民の多くもメディアも、ほとんど不安を感じているようには思われない。この鈍感さ、今日がそのまま明日につながればそれでよいとするこの大勢順応主義は、日本人の最大の特徴なのかもしれない。

なるほど、敗戦とアメリカ占領軍の到着で、日本もいったん変わったかに見える。しかしこれは日本人が変わったのではなく、戦後には大勢順応主義が、実質を欠いた骨抜きの民主主義という形をとっただけにすぎない。それをいち早く見抜いた人もいないわけではなかった。たとえば、私の大学時代の恩師渡辺一夫氏は、学生がお宅に伺うと、酒を振る舞いながら「軍艦マーチ」のレコードをかけるのが習わしだったが、これは日本人が何一つ変わっていないことを示す痛烈な皮肉だった。

私も遅まきながらそのことに気づいたが、それにはとりわけ五〇年代から始まって六五年の条約締結に至る日韓会談での日本代表の相次ぐ暴言と、日本の第三世界とも言える「在日」の存在が大きかった。「在日」については講演のなかでたびたびふれているので、ここでは主席代表たちのとんでもないいくつかの発言のみを紹介しておく。

「当時日本が［朝鮮に］行かなかったら中国か、ロシアが入っていたかもしれない」

（五三年一〇月、第三次会談における久保田貫一郎主席代表の発言）

「三八度戦を鴨緑江までおしかえし、そこに［運命線を］設けることは、日本外交の任務であり、また日韓交渉の目的である」

（五八年六月、第四次会談の主席代表沢田廉三の発言）

「日本は朝鮮を支配したというが、わが国はいいことをしようとした。山には木が一本もないということだが、これは朝鮮が日本から離れてしまったからだ」

「日本は朝鮮に工場や家屋、山林などをみなおいてきた。創氏改名もよかった。朝鮮人を同化し、日本人と同じく扱うためにとられた措置であって、搾取とか圧迫とかいうものではない」

（六五年一月、第七次会談の主席代表高杉晋一の発言）

［以上は高崎宗司『検証　日韓会談』に拠る］

このような発言を知り、また「在日」についての考察を進めるにつれて、戦後日本がそもそもの出発点から誤っていたことを私は確信した。日本はまず、戦前の侵略や植民地主義を深刻に反省することから出発すべきだった。それを果たすことが、戦後日本の責任であり、それを怠ったことが、極右政権が我が物顔に振る舞う現在の日本を生む根本的な原因であった。

もちろん、戦後生まれの人や、現在の若者たちは、戦前の日本に責任があるわけではない。しかしドイツの元首相シュレーダーが自分の国について言ったように、戦前の日本の行為を心に刻むことは、日本国民のアイデンティティの一部でなければならない。そのことを私は一九五〇年代末から常に主張してきたが、人生の余白とも言うべき年齢に達した今も、声を上げるとすれば、大勢順応主義のはびこるこの国では容易に人びとの同意が得られないことは充分承知のうえで、この考え方をくり返し強調したい。私が「民族責任」や「戦後責任」という表現で言いたかったのも、そのことにほかならない。

本書は、最後に収めた講演「サルトルと現代」を聴きに来られた閏月社の徳宮峻氏からのご提案がきっかけで出来上がったものだが、同氏は、私の畏友・故竹内芳郎を囲む討論塾の『討論　野望と実践』を出版された方でもある。講演集が本になるとは考えてもいなかった私にとって、このたびの出版は思いがけない喜びである。ここに心から感謝の気持を申し上げる。

二〇一八年一月二〇日

鈴木道彦

【著者紹介】
鈴木道彦（すずき・みちひこ）
1929年東京生まれ。1953年東京大学文学部卒業。フランス文学専攻。著書『サルトルの文学』（紀伊國屋書店、1963、精選復刻版、1994）、『アンガージュマンの思想』（晶文社、1969）、『政治暴力と想像力』（現代評論社、1970）、『プルースト論考』（筑摩書房、1985）、『異郷の季節』（みすず書房、1986、新装版、2007）、『越境の時』（集英社、2007）、『マルセル・プルーストの誕生――新編プルースト論考』（藤原書店、2013）、『フランス文学者の誕生　マラルメへの旅』（筑摩書房、2014）ほか。訳書にファノン『地に呪われたる者』（共訳、みすず書房、1968）、ニザン『陰謀』（晶文社、1971）、サルトル『嘔吐』（人文書院、2010）、『家の馬鹿息子』1、2、3、4（共訳、人文書院、1982、1989、2006、2015）、プルースト『失われた時を求めて』全13巻（集英社、1996～2001）ほか。

著者…………鈴木道彦

印刷／製本…吉原印刷株式会社

余白の声

文学・サルトル・在日——鈴木道彦講演集

2018年2月28日　初版第1刷印刷
2018年3月10日　初版第1刷発行

造本…李舟行

発行者…………德宮峻
発行所…………有限会社閏月社　113-0033　東京都文京区本郷3-28-9
TEL 03(3816)2273　FAX 03(3816)2274

ISBN978-4-904194-05-8